冲天一跃

罗阳和歼–15 的秘密

关庚寅　著

中国青年出版社

黑格尔说，

一个民族有一些关注天空的人，

他们才有希望；

一个民族只是关心脚下的事，

那是没有未来的。

目录

凤凰涅槃

　　这是我四十年记者生涯中最艰难的一次采访。

　　当沈飞宣传部的同志把我领过三道门岗，来到这个远离尘世喧嚣的"世外桃源"，走进这个幽静而神秘的环境，接触到这些朴实而真诚的人的时候，我恍惚穿越历史的时空，回到了新中国那个独特、亲切而又熟悉的年代……

　　这是我四十年记者生涯里最难忘的一次见识。

　　如果不是亲眼所见，简直不能相信，这里的人仿佛是一个模子翻印出来的。他们的服装整齐划一、色彩单调，仿佛是清一色的"蓝精灵"。如果你不仔细分辨他们胸前那个三寸长、二寸宽的小牌牌，简直分不出谁是领导、谁是机关干部、谁是一线的工人。

这里的一切都是自然的、原始的、纯朴的。男人无论年龄大小、职位高低，几乎都留着干净利落的短发，显得自然、健康；女人无论容貌丑俊、个子高矮，几乎都素面朝天、不施粉黛，显得清新、俏丽……

然而，当你与他们谈起奉献、谈起责任、谈起荣誉时，那仿佛就像在干旱的沙漠里掘出了一股清泉，在茫茫的大海上看到了一叶孤舟。他们每个人的脸上都会放射出超凡脱俗的骄傲的光彩，他们都会滔滔不绝地讲诉他们的学习、他们的奋斗、他们愿意为之付出生命的追求……

但是，当你想深入地与他们讨论到具体工作、具体项目时，他们顿时就像一部风驰电掣的汽车被突然踩了闸门，一架凌空翱翔的飞机接到了降落的指令，立即戛然而止、三缄其口。让人感觉就像来到了阿里巴巴的藏宝洞前，却因为不得要领而打不开神秘的大门……

这是我四十年记者生涯中，最想挖掘和探寻的一个领域。

这里到底隐藏着什么秘密呢？谁有这么大的神通，这么大的魔力，硬把一群现代社会的人，束缚在远离喧嚣的城市一隅，无视功名与利禄的诱惑，心甘情愿地用他们自己独特、寂翼的生活方式，用理想、信念、坚韧与奉献，一次又一次拉近中国航空工业与世界的距离……

　　只有佛教传说中那种神秘的鸟，可以号令众禽，奉守清规，且能在大限来临之时，集梧桐枝以自燃而焚，在烈火中新生。其羽更丰，其音更清，其神更髓，是曰：凤凰。又云：凤凰涅槃。

楔子

2013 年 8 月 28 日上午，中共中央总书记、国家主席、中央军委主席习近平，冒着滂沱大雨，前往大连视察海军某舰载机综合试验训练基地和辽宁舰，检阅水兵仪仗队，观看舰载机滑跃起飞、阻拦着陆训练，实地察看有关设备。习近平还深入舱室战位，与官兵交谈，继而专程视察了罗阳生前工作和战斗过的地方——中航工业沈阳飞机工业（集团）有限公司（沈飞公司），在"向罗阳同志学习"的巨幅标语下，坐进了浸透罗阳精神的飞机座舱，并在座舱里听取沈飞研发的报告。

8 月 30 日晚，当中央电视台《新闻联播》节目播出了这短短的一组视频，迅速地把这一消息传遍世界各个角落时，也透露出诸多亮点——歼 –15 涂着海灰色涂装，机头雷达整流罩则呈深灰色，座舱后侧下方还喷绘着一面解放军海军旗——无疑，这是量产型号正式曝光、战斗机投入使用的重要标志。换句话说，优雅与强悍兼具的"飞鲨"的技术指标和各项性能参数已经确定，主要设计和结构配备已经固化，它的攻防能力突出，机动性优秀，能强力震慑各类战舰以及对地强力打击，已经正式具备海上作战能力和实战需求。而与习近平合影的海军舰载机飞行员多达 36 位，这个数量意味着足以组建一到两个舰载机团。

旋即，围绕歼 –15 刮起了又一场世界舆论风暴——台湾《尖端科技》指出，歼 –15 融合了苏 –33 与国产歼 –11B 战机技术，还大量采用了复合材料，以降低战斗机重量，因而一般预估歼 –15 的空重、推重比、作战半径、武器载弹量与机动性能，将会优于苏 –33。加拿大《汉和防务评论》也认为，歼 –15 不仅在雷达、航电设备、武器方面与苏 –33 有所差异，发动机也不同，因为歼 –15 使用国产发动机，并会配备自行研制生产的射程可达 400 公里以上的鱼鹰 –62 反舰导弹，对美军航母形成了强大的威慑力。还有人说歼 –15 与美国"超级大黄蜂"各有千秋，说歼 –15 与美国 F35 不相上下，说歼 –15 根本不用滑跃就可以起飞了……

　　歼-15的惊艳亮相,让舆论继续发酵的同时,也让人们把目光聚焦于其背后更令人惊叹的两个关键词:一曰中国速度,一曰中国精神。中国何以在没有任何外来技术支持的条件下,迅速生成自己的航母战斗力?谜底,也许就在为歼-15悲壮殉职的罗阳身上。大国重器,以命铸之!这一切还得从辽宁舰上那难忘的八天七夜开始——从2012年11月17日晚上说起。

第一章

梦生沃土

2012 年 11 月 17 日晚，罗阳转战某海军基地。

    2012 年 11 月 17 日晚上 7 时许，中航工业沈阳飞机工业（集团）有限公司（以下简称沈飞公司）董事长兼总经理，中国第一代舰载机——歼 -15 的研制现场总指挥罗阳，急匆匆从珠海飞回沈阳。忽视了南北温差，忘记了车马劳顿，一下飞机就直奔主题——明天，或许就是明天，他的"孩子"歼 -15，就要在"辽宁"号航母上进行第一次起降训练了！那肯定是一个世界瞩目的大事件！只是现在还不能、也不允许透露丝毫。他 20 点赶回沈飞办公室，完全可以抽出时间回家看看，起码去看看老母亲，然而，他只打电话告诉妻子，他要连夜赶往外地参加活动，估计月底才能结束，今晚就不回家了。

妻子问："十多天没照面了，又要到哪儿去？"

他沉默了一会儿："你别问了，保密。"尽管中国那个百年梦、那个牵动他半个世纪的梦，就要在他手中实现了；尽管他此时此刻，最渴望把那个梦与最亲的人分享！可是，他还是忍住了。

而每逢这时，妻子都不再问了。她知道罗阳越保密，越说明他有大的行动。这是他们多年形成的默契。可是，今天却不知为什么，妻子还是有些不放心，便叮嘱了一句："如果是在东北，务必带上棉大衣。"

此时此刻，妻子并不知道他近在咫尺。而他在办公室匆匆地处理了几个急件，便拿上棉衣和一件工装——海蓝色夹克，披着北方浓稠的夜雾，又经过三个多小时的颠簸，直奔几百公里之外的海军某基地。

那天深夜，在海军基地迎接他的同志发现，他的精神不错，只是嘴角周边又拱出一片因口角炎而形成的结痂。而罗阳入住宾馆时，已经接近第二天凌晨1点了。尽管同志们劝他早点休息，可待他详细地了解了参训飞机的技术状态后，又执意要去机库看看飞机——那将是歼–15上舰之前的最后一次检测。

他一进了机库，疲惫的眼神立刻有了神采，简直如同"一日不见、如隔三秋"！停泊在飞机跑道上那几架橘黄色的歼–15，仿佛在专心等待他的到来。他放慢了脚步，轻轻地、轻轻地从每架战鹰前经过，那亲切、深情的目光，就像父母注视准备迎接高考、正在酣睡的孩子。此时此刻，罗阳比谁都更明白，此举成功与否，其意义不亚于去年辽宁舰首次出航。然而意义有多大，责任就有多大，压力就有多大！

18日早上6时多，天刚蒙蒙亮，罗阳隔壁的战友就隐隐约约听到他在房间里不停地打电话，协调问题。用完早餐后，罗阳再一次询问了歼–15飞机的状态和保障情况后，直接到中航工业林左鸣董事长、李玉海副总经理那里进行工作汇报。9时，罗阳从驻地出发，15分钟后，他和林左鸣董事长、李玉海副总经理一同登上直升机。经过5分钟的准备，直升机于9时20分起飞，飞往他日夜牵挂的辽宁舰，开始执行歼–15起降飞行训练任务。他乘机时除了带一个行李箱，没有忘记给在辽宁舰工作多日的同志们带了90斤新鲜水果。

直升机飞临波涛汹涌的大海，那无垠的蔚蓝，孕育了半个世纪前的一个梦，一个少年的梦！

缘定飞天

1961 年 6 月 29 日，罗阳诞生在一个革命军人家庭。母亲吴传英是一位军队教育工作者，父亲罗哥曾任某军事经济学院政教室主任。也许是冥冥之中的天意吧，罗阳的生日与飞翔有着千丝万缕的联系。10 年前——1951 年 6 月 29 日，沈阳飞机制造厂（当时命名为国营 112 厂）正式创建；而罗阳出生的 1961 年，恰恰是他走向社会的第一个工作单位——沈阳 601 所的诞生年份。而追溯到 1939 年 6 月 29 日，那天迪克西·克里珀在葡萄牙的里斯本着陆，从美国到欧洲的第一架商业飞机飞行成功。

如果说生日只是时间上的巧合，那么罗阳对机械制造和飞行的兴趣和禀赋，在他的青少年时代就已经显现。

1973 年秋，罗阳在沙坪坝区天星桥中学上了初中。在那个纯真的年代，尽管生活不富裕，可孩子们没有学习压力，一帮男孩儿整天拍烟盒、玩弹弓、和泥垒砖，但罗阳却常常一个人斜倚在藤椅上专注地看书，或缠漆包线线圈什么的。当时许多男孩手中最时髦的有两本书，一本叫《实验来复式半导体收音机》，就是启发孩子们按书上的线路图，自己买零件组装半导体收音机。这可以算那个时候的"攒机"吧，罗阳也不例外地迷上了，常和几个同学跑到数公里外的沙坪坝买二极管、三极管。说起来应当和遗传有关，罗阳的父亲就是位无线电高手，罗阳和同学们第一次看到的"电视机"，就是他父亲组装的。像今天电脑主机大小的一个木盒子，碗口大的荧光屏，播放着乒乓球比赛，黑白的画面虽有些变形，但毕竟是他们第一次"看电视"。因此，罗阳的半导体制作水平在同学中也是一流的。另外一本是《航空知识》。男孩们常为米格–21厉害、还是F–104厉害；飞机是尖头的好、还是平头的好；哪个国家的侦察机、轰炸机、舰载机最牛气等问题争得面红耳赤。这时罗阳的声音比谁的都大。罗阳曾绘声绘色地向父母描述过他做的一个梦：他变成了一只黑里透红、全须全尾、方头长腿、梅花翅膀、轻盈善斗的小蟋蟀。它拥有一双透明的双翼，不仅在战胜对手时能放声歌唱，能按琴声的节奏翩翩起舞，还具有一个特殊的战无不胜、攻无不克的功能——漫天翱翔！有了这个制胜的法宝，便可以居高临下，从各个角度攻击对手……这惹得父母哈哈大笑，说他少年不知愁滋味儿，已经到了做梦的年龄。

　　当时的重庆天星桥中学，尽管名气不大，但提起它的科技教育，知道的人都会竖起大拇指。特别是天星桥中学的航模，更是传统特色项目，名声在外。据校长周波涛介绍，罗阳在学校就读时热爱航模，动手能力强，他至今还记得罗阳满操场乱扔抛投式模型飞机的样子，但他万万没有想到，三十多年后，罗阳肩负起了制造我国第一代舰载机的重任。

罗阳14岁上初二的时候，随父母工作的调动进入武汉市43中读书。说起罗阳上学，母亲吴传英清楚地记得，当时有个不成文的规定，随军子女一般只能有一个进重点，于是这个小小男子汉就把上重点中学的机会让给了姐姐。其实罗阳数理化基础很扎实，是班里的尖子生。很多人半开玩笑地说，这得益于他母亲是数学老师，经常"开小灶"。"其实这是误传。因为我很忙，每天下班回来都是忙着给一大家子人做饭、做家务，根本就顾不上给孩子们搞辅导。"吴传英说。懂事的罗阳从来没让父母操心。他身体好，读初中时一直是学校中长跑第一名；学习好，高考时满分100分的物理，他考了95分。这个分数不光是全班第一名，而且还是武汉硚口区的第一名。

1978年，那是刚刚恢复高考第二年。填报志愿的时候，罗阳班主任和老师一起动员他报清华或北大，但他填报的第一志愿就是北京航空学院——现在的北京航空航天大学，然后是西北工业大学、南京航空学院。此时的罗阳，已经把自己绑定在飞行的跑道上了。

当然，他也经历了很多高考学子特有的迷茫。用他自己的话说："当时我考北航的时候，并不是很了解，还以为是开飞机的飞行员呢！考完以后，通知书发下来了，才明白，原来是搞飞机设计的……所以走到这个行业里，还是很有意思的。"

60 年代出生的人

一代人有一代人的独特经历，一代人有一代人的独特使命。60 年代出生的人，是十年浩劫结束、恢复高考制度的幸运儿，是迎着中国科学大会的召开、哼着《祝酒歌》、吟着"科学的春天来到了"的诗句走进大学的。华罗庚是他们的榜样，陈景润是他们的偶像，"实现四个现代化"是让他们热血沸腾的理想。

当时班里同学的年龄跨度很大，最大的 31 岁，最小的就是 17 岁的罗阳。作为班里的小弟弟，罗阳并没有因为年龄小而堕怠，反而因这种巨大的反差，使他倍加珍惜那个"科学的春天"。当时最火的专业是飞机制造，罗阳是飞行器设计与应用力学系高空设备专业的学生，研究的是飞行舱里的生命保障系统。

自然，在这里的课堂上，罗阳有机会使青少年时期的梦得到了延续。他知道了在一百多年前，对于航空先驱们来说，造飞机既不是科学，也不是工业，而是一种艺术和梦想。那些早期的追梦者，都必须身兼飞机制造师和试飞员的"双重角色"。飞机之父莱特兄弟自己动手，把原本用于自行车生产的普通内燃机改造成汽油活塞发动机，完成了当时专业发动机制造厂都望而却步的工作；而法国人布雷里奥在双翼机盛行的时候，热衷于单翼机的设计，为了减轻飞机的重量，用白杨木作为主要结构，飞机的蒙皮竟然是用牛皮纸加赛璐珞涂料制成的。1909 年 7 月 25 日，布雷里奥驾驶它，在没有导航设备的情况下，用了 36 分钟，实现了人类首次驾飞机飞越英吉利海峡的壮举。而时隔三年后的 1912 年，中国"航空之父"冯如在一次飞行表演中，驾驶飞机失速坠地殉职。弥留之际，他勉励助手："勿因吾毙而阻其进取心，须知此为必有之阶段。"诚哉斯言！

而影响罗阳一生的，还是那次到中国航空博物馆参观，看到了那座矗立着的形似双翼的空军"英雄墙"。墙体背面，镌刻着为中国空军事业牺牲的 1747 位飞行员与空勤人员的英名——这是个勇敢者的群像！除了空战烈士外，他们绝大多数牺牲在和平年代的飞行训练中。从远处看，这些按照牺牲年月顺序排列着的英名，仿佛一个肃穆而勇敢的军阵。自打那一天起，罗阳就清楚地知道，选择了这条路，就等于选择了"高危行业"。但罗阳更清楚地知道，飞行不是他一个人的梦想，更是大国之间的较量！

在北航的日子里，一部内部资料片让罗阳印象深刻：由于当时中国战机信息化程度低，战机刚刚钻出云层，还没看到敌机，就被对方击落了。为此，罗阳曾对同学们说："我们是学造战机的，最大的追求就是通过我们的努力，使我国的先进战机能够早日装备部队，使我国的国防工业能够尽快缩小与发达国家的差距。"

无疑，梦想是潜伏在人内心处最强烈的渴望，一种挥之不去的感觉和潜意识，也是人走向成功的原动力。罗阳是军人的孩子，军人孩子的飞翔梦，自然是国防军工。从爱做梦的懵懂少年，到成长为立志航空报国的青年，罗阳的飞翔梦，已经起航！

第二章

逐梦岁月

11 月 18 日，晴，罗阳初登辽宁舰。

罗阳起床后的第一件事就是观察天气，因为天气的好坏直接影响着试飞，这也是他多年养成的职业习惯了。那天东方一抹银灰的鱼肚白，晴天，能够试飞！

尽管这是他第一次登上航母，但他早已通过图像和视频，对这个"庞然大物"进行过无数次的扫描，对它的雄壮、繁华和先进性并不感到太新奇，且有几分熟悉。

"030207"——这串数字便是罗阳在辽宁舰上宿舍的门牌号码。在辽宁舰上，任何一间宿舍都是没有窗的，看不到起伏不平的蔚蓝色大海，看不到海面上展翅飞翔的海鸥，这间仅有五六平方米的小屋，只能依靠空调来调节房间的温度，时间一长会让人觉得窒息。罗阳匆匆把行李放下，没有做任何整理，便急不可待地冲到甲板上……

"航空母舰总是要造的！"1984 年 1 月 11 日，就在罗阳刚刚走上工作岗位不久，海军司令刘华清在海军第一届装备技术工作会议上，首次就建造航空母舰，在正式场合，公开表明了坚定的决心和态度！

其实，早在 20 世纪 70 年代，刘华清就曾亲手主持起草了新中国第一个航母工程报告——那颗"震撼弹"在共和国的土地上引爆后，使那个绵延百年的中国梦，伴随着时间的推移不断地发酵，最后竟拱破遮掩的帷幕，在官方与民间掀起了一场跨世纪的、旷日持久的热烈激辩与论证交锋。这种论争，不仅引起了亚洲各国的高度关注，而且包括美国、俄罗斯和欧洲诸强在内的政治、经济、军事大国都难以置身事外作壁上观。那就是中国海军要不要发展航空母舰？装备什么样的航空母舰？何时建造航空母舰？

可以说，航母的历史有多久，中华民族的航母梦就有多长。航母不仅跨越时空，跨越世纪，也早已跨越海空，跨越军事，成为中华民族复兴崛起、屹立于世界民族之林的象征与图腾。自然，这些与舰载机息息相关的信息，是罗阳中学的梦，也一直是他关注的焦点！他太了解这艘航母的前世今生了！

苏联在冷战时期曾先后建造了两艘三代航母。第一艘设计代号1143.5，首舰"定单105"号，现为俄罗斯海军唯一在役航母"库兹涅佐夫"号；第二艘就是这艘命运多舛，"定单106"号的航母。苏联政府当时曾动员了800多个行业的专家和7000多个工厂、科研院所投入其中。1985年12月6日，这艘"定单106"号开工，由当时乌克兰黑海造船厂承建。经3年建造，船体于1988年竣工下水，并以苏联加盟共和国拉脱维亚首都的名字命名为"里加"号。

这时，这艘航母的主人——苏联却开始风雨飘摇。1990年拉脱维亚宣布独立，"里加"号改名为"瓦良格"号。1991年12月25日，苏联宣布解体，已建造了68%的"瓦良格"号被迫停工。1995年，在造的"瓦良格"号航母正式退出俄罗斯海军的编制，并以偿还债务的形式送给了乌克兰。乌克兰由于经济状况不佳，也无力继续建造。

1995年，时任乌克兰总统的库奇马访华，副总理基纳赫称，中乌之间正为"瓦良格"号谈判，可能在华对其进行解体作业。

当时，乌克兰政府计算，"瓦良格"号解体需花费 2.5 亿美元，但解体后的废钢只能卖 500 万美元。乌克兰于是表示非常希望能把这艘舰卖给中国。张序三中将披露，当时中国曾派代表团 5 次赴乌磋商。但磋商受到美国的粗暴干涉。中方估算要花费 700 亿元人民币，才能把"瓦良格"号完全建成，而 1995 年我国军费开支还不到 640 亿元人民币。考虑到续建的费用太高，中方放弃了谈判。

1997 年，乌克兰表示要出售"瓦良格"号，这条消息吸引了香港创律集团主席徐增平。他想把"瓦良格"号改造成一个大型海上综合旅游设施，其中有迪斯科舞厅、旅馆和博彩设施等，日后将其停泊于澳门附近海域。经谈判，1998 年 4 月，徐增平以香港创律集团旗下子公司澳门创律旅游娱乐公司的名义，用 2000 万美元买下了这艘航母。交船前，乌克兰迫于美国的压力，将"瓦良格"号上的舰载武器设备和动力系统等设备拆卸一空，只剩下一个锈迹斑斑的钢铁空壳。

不料，就这样一个空壳驶抵土耳其北部黑海水域，准备通过土耳其控制的博斯普鲁斯海峡时，"在第三国的提醒下"，土耳其政府以"船体过大、影响博斯普鲁斯海峡其他船只正常航行"等为由，拒绝"瓦良格"号通过，并强行命令"瓦良格"

号退回黑海。随后在 8 月，"瓦良格"号又试图通过海峡，但再次遭到土耳其政府的拦阻。

"瓦良格"号被阻滞在黑海中，漂荡了很长时间后，只好返回原海港。自此，中土两国进行了长达一年半之久的谈判。直到 2001 年 8 月 25 日，土耳其政府才同意让"瓦良格"号通过其海峡。

2005 年 4 月 26 日早上，"瓦良格"在大批拖轮的护航下，被缓缓地拖进了大连造船厂第一工场 2003 年竣工的 30 万吨级船坞，开始了大改装过程……2005 年 8 月，焕然一新的"瓦良格"重新出现在码头，舰身涂装了中国海军水面舰艇常用的浅灰蓝色，水线下由原来的铁红色防锈漆变成黑色防锈材料。到了 12 月，"瓦良格"的涂装基本完成。

2009 年 5 月，"瓦良格"号舰艏的苏联海军航空兵徽章被拆除，舷侧原有的俄文舰名也被铲去；8 月 21 日，舰岛改造开始。2010 年 3 月 19 日，"瓦良格"被推入舾装码头，改造的外部进程曝光……2011 年 8 月 10 日，全世界的目光都聚集到了大连港——中国首艘航母从这里驶出，首次进行出海航行试验。

加拿大《汉和防务评论》指出，在"辽宁"号服役前，有些外国专家一直认为，中国难以成功修复这艘苏联时代的航母。他们认为，即使"辽宁"号加入中国海军服役，也一定会"问题不断"。因该航母采用标准较高的模块化设计，即使中国工程师通过图纸了解其内部构造，但如果建造材料运用不当，那么修复的航母在满载装备和人员的情况下，可能重心不稳，部分船体甚至可能扭曲变形。

俄罗斯《军事平等》称，当初许多美国和俄罗斯军工专家都认为，没有美国或俄罗斯的技术支持，任何一个国家都不可能自主建造航母，即使修复一艘遭废弃的航母也不可能，因为那种大规模的作业需要极为复杂的技术和庞大的试验论证体系。

而中国海军的设计师们一直强调，中国接收"瓦良格"号时，主要的设备、系统基本上全被拆光了，就剩下一个空壳子。开展项目研究时，一无图纸资料，二无设计经验，三无标准规范，这样一个新鲜又复杂的事物，全都要靠自己一点点去摸索。通过对原船的勘验、解读、原理探讨，通过大量的技术攻关，把需要的各种系统都进行了恢复。可以说，这里面所有的设备，它的主要的核心技术都是我国自主研发生产的。换言之，这艘船的五脏六腑、神经网络，以及最重要的灵魂，都是中国人自己的!

此刻罗阳就站在这个"庞然大物"的甲板上了,他来不及领略其无限风光,来不及发出无限感慨,便要"直奔主题"。或许第一批登上辽宁舰的舰载机指挥官们的情绪也大概如此。中航工业沈阳601所党委书记褚晓文告诉笔者,他比罗阳早几天登上辽宁舰,情况比罗阳熟悉一些,便尽量为他分忧。"罗阳上舰就是为了赶上第一架次歼-15着舰。我向他介绍飞机将怎么从舰上起飞着舰,以及海风、航母对飞机的影响,"褚晓文回忆说,"他很心急,希望能一下子进入到工作状态。"褚晓文曾嘱咐罗阳,心急吃不了热豆腐,上了辽宁舰,最好先认认门,熟悉熟悉环境,因为这里太大了。从舰岛到底舱,一共有18层,全舰共有三千多个舱室,就像一座海上城堡。他坚信不管是谁,初上航母的头几天,除了震撼,还是震撼,简直就像走进了迷宫,一旦走出住舱,就迷失了回去的路。大部分人需要两三天才能掌握规律,熟悉了各个通道之间的标记,才能自己走回宿舍。

但是,13时30分,上午海试飞行刚结束,罗阳并没有按照褚晓文的交代,先来熟悉辽宁舰上的生活,而是一头扎进了各个舱位、飞机塔台、方舱……他做的第一件事情就是直接去海事指挥部房间，急着询问此次海试飞机每天怎么训练，今后 8 天里做了怎样的安排。是呀，航母的主战武器是舰载机，中国航母装备的是歼 –15，歼 –15 能否一飞冲天，就像他的孩子能否顺利分娩一样。那巨大的压力像一双无形的大手扼住了罗阳。

两个月前，中国的第一艘航母"辽宁"号正式诞生，震惊世界。其实，舰载机才是真正的战斗力。目前，全世界所有航母上的舰载机数量在 1250 架左右，其中美国超过 1000 架，俄罗斯、英国和法国位列其后。而中国呢，还是一片空白。如今，这第一架就要横空出世了！

自打辽宁舰入列始，各种流言蜚语、造谣污蔑就从来没有间断过，中国的舰载机也从来没有引起过世界媒体的如此关注。它们纷纷预测：中国的舰载机要实现舰上起降，起码还需四五年时间，如果要形成战斗力，至少需要二十年；当舰载机试验基地的小道消息传出，外媒又开始新一轮的猜测：起码需要一年半时间。

可就当这些预测的声音落地还没有两个月，我们的歼 –15 飞机就要初试锋芒了！而这让世人瞠目的中国速度背后，那默默支撑着的中国精神，其实形成已久，传承已久。

遭遇寒冬

　　"中国歼击机的摇篮"沈阳，是罗阳梦想成真的地方。这块神奇的土地，在冥冥之中，与飞翔的起端有着说不清、道不明的联系。1978 年，在 601 所与沈飞之间的新乐遗址，竟出土了一件极为罕见、已经炭化的木雕艺术品——木雕鸟。据史学家的考证，这只木雕鸟正是传说中的大鹏鸟，迄今已有7200 余年历史。真品全长 45 厘米，形态俊美，似鸟、似鱼、似羊，又皆非是，乃华夏无价之宝。鸟啼曲咏，神以飞舞。大鹏鸟为新石器时代氏族图腾，新乐部落视其为保护神，世代顶礼膜拜。《庄子·逍遥游》中写道："北冥有鱼，其名为鲲，鲲之大，不知有千里也，化而为鸟，其名为鹏。"也有人说鹏鸟是凤的别名。它的体态比一般的鸟大，尾部修长美丽，飞时犹如起舞，很是壮观。也许是对祖先的感知，也许是对飞翔的向往，沈阳人把那只古老的木雕，当作带来光明的太阳鸟，把它竖立在沈阳火车站，作为沈阳城市的标志。

　　客观地说，从宏观角度看沈阳整个飞机城，确实很有气势。如果把 601 所作为沈阳西部的一端，往东走还有一家研究所，叫 606 所，简单地说是搞航空发动机设计的；在 606 所东边大约十多里的北陵身后，有一座沈阳飞机制造企业，简单地说是造飞机的；在沈飞的东边大约十余里，还有一家叫黎明的工厂，简单地说是制造飞机发动机的。如果将这四家厂所连在一起，那个神秘的、模糊的轮廓顿时便会清晰起来——哦！这四家厂构成了共和国飞机从设计到制造的全部家当，名副其实的战斗机的摇篮；如果再将这四点用线连在一起，那你眼前就会形象地浮现出一张拉满的弯月似的硬弓，紧紧地护卫着沈阳的北大门……

然而在罗阳到达他心目中的圣地时，迎接他的却是中国军工业的寒冬。这里地处沈阳西北郊，离市中心大约 20 里路程，却没有公路，没有公交车，交通极不便利。在这孤零零不足 1 平方公里的土地上，只有 1 栋三层办公室楼、5 栋简易二层教学楼、25 栋平房，还有 1 间俱乐部和一些兵营式的住房。这座仿佛被绿色田野包围的孤岛，就是传说中有些神秘的、中国飞机设计的最高院所 601 所当时的"全部家底"。

罗阳到来时，与社会改革开放形成巨大反差的是中国军队百万大裁军，军工产品制造任务急剧减少，使很多军工厂不得不转产、倒闭。像 601 所这样在中国航空业中举足轻重的大单位，同样面临着十分严峻的考验：设计和生产任务严重不足，一度全年飞机只有一个型号，而生产任务还不足 10 架。这不但给产业的发展蒙上了阴影，还使军工企事业单位的职工待遇很低，低到了像罗阳这样的技术员，工资用来吃饭都吃不饱。

正是那个"造飞机不如卖烧鸡，搞导弹不如卖茶蛋"的年代，不少科研人员"顺应潮流"，纷纷停薪留职到深圳等地下海。一时间，"孔雀东南飞"成为一种潮流，"飞鸽出国潮"成为一种时尚。就是不走的，还可以选择外企，拿高薪。这样，与罗阳前后分配来的六十多名大学生，在短短的两年中，竟有三分之二加入到各种潮流中。

那是军工人心里最孤独、最冷寂的时候。为了给员工发工资，为了生存，有的军工企业不得不"不务正业"，不得不生产那些并不需要高科技的洗衣机、塑钢窗、蒸锅、菜刀……这一切，无时无刻不在考验着军工人的信念和价值观。

在那最艰难的日子里，罗阳凭借强烈的飞行梦，坚定地留了下来。在"找米下锅""僧多粥少"的状态下，他千方百计去找国外最先进的设计飞机的资料进行翻译，那些英文、俄文的大部头，都是他一点点"啃"下来、攻下来的。有人不解："你何必这么辛苦？"他回答："我笨，笨鸟先飞，就靠这个呀。再说，我就对飞机有兴趣，我不相信这么大国家不需要自己的飞机！"

永远的榜样

值得庆幸的是，在院所那不起眼的资料室里，在那些被视为"傻子"的默默无闻的老技术员身上，罗阳感受到了支撑的力量，寻找到了坚守的理由。他每晚用一半时间看书，另一半时间背字典词典。罗阳看的书很杂，有科技类的、有历史类的、有管理类的，而关于沈飞人的残缺不全的手抄本，则给了他最渴望的精神滋养。

他从书中知道，上个世纪的1961年，也就是他诞生的那年，整个国家还没有摆脱饥饿的困境时，中国最高决策者高瞻远瞩，毅然决定建立新中国自己的飞机设计力量，并以中央军委决定的名义，组建共和国第一个飞机设计研究所——国防部第六研究院第一研究所（601所前身）。

当时，没有专业书籍、没有试验设备、没有计算机、没有飞机设计经验、没有飞机设计管理体系，更没有人掌握全部飞机设计的工作流程，广袤的天空如同一张白纸，亟待妙手神笔挥毫泼墨。共和国的第一代航空人就这样白手起家、绳床瓦灶，从此走上了从修理飞机、仿制苏式机，到自主研制型号机、预先研究先进机之路。

当然，在601所这个英雄的群体中，对罗阳影响最大的，莫过于那位历经磨难九死不悔的新中国航空事业的开拓者和奠基人——徐舜寿。在那些寂寞的日子里，他饶有兴趣地从曾与徐舜寿朝夕相处的老技术员、老干部口中，从图书馆那残缺的资料里，从研究室的陈年旧迹中，像淘宝似的，一点点，一滴滴，组成了立体、真实、鲜活的徐舜寿形象。

上世纪70年代末80年代初，作家徐迟的报告文学《哥德巴赫猜想》风靡全国，在陈景润追求科学的精神鼓舞下，在食堂排队买饭时背单词，晚上点灯熬油读书，成为那个时期的一种时尚。罗阳自然也迷上了陈景润，并在偶然中发现，写陈景润的作者徐迟竟是徐舜寿的亲哥哥！徐迟曾这样追忆弟弟徐舜寿："那时并不知道，我全家的灵气却是集于他一身的。他后来长得轩昂，仪表非凡，品学兼优，吸取知识比海绵还多还更饱满。"

由此，罗阳还有了一连串惊奇的发现：那位秀外慧中，才情卓然，翻译《托尔斯泰传》的女翻译家宋蜀碧的丈夫就是徐舜寿！先后担任中国外交部副部长、中联部副部长、总参谋部副部长，被称为"将军外交家"的伍修权，也和徐舜寿关系密切——他的妻子徐和，是徐舜寿的亲姐姐！而徐舜寿能够走上革命道路，引路人就是伍修权。1949 年春，南京国民政府命令他准备搬迁台湾，他便以送妻小回乡为由，在姐夫伍修权将军的指引下，携妻儿来到上海，并在地下党的帮助下越过封锁线，辗转来到已经解放的北平。1949 年 12 月，徐舜寿加入中国共产党，从此投身于新中国航空工业的发展和建设中。

也许当这些显赫的人物组合在一起形成强大的背景与磁场时，任何人都会产生浓厚的兴趣。而对罗阳来说，那不是兴趣，而是寒冬中的一把火炬，迷雾中的一盏明灯。

新中国成立初期，为了改变中国航空工业极其薄弱的落后局面，徐舜寿硬是在一穷二白的条件下，带领一群热血青年在异常简陋的环境中，于 1956 年 8 月，在沈阳创办了新中国第一个飞机设计室，并出任主任设计师。

在他的带领下，飞机设计室只用了短短的三个月，就完成了歼教 -1 的全部设计图纸。而歼教 -1 飞机从开始设计到首飞成功，只用了 1 年零 9 个月的时间，并且主要技术性能均超过原设计指标。其研制速度之快，在国外飞机研制史上也是罕见的。继而，在他精心的组织和领导下，初教-6于1958年8月27日首飞成功。嗣后，经南昌飞机制造厂继续研制、改进，于1961年12月批准定型，1979年获国家金质奖，到1984年，大量装备部队，还成批出口；而强击机于1965年设计定型后，生产了各种类型的"强-5"飞机装备部队，并远销国外。这两种型号机的自行研制成功，标志着中国航空工业已从修理、仿制，发展到自行设计的新阶段。

在工作之余，徐舜寿翻译出版了《飞机构造学》和《飞机强度学》。这两本书是当时中国唯一引进的飞机设计准则和方法，被航空院校选作教材，而徐舜寿将所得的全部稿费捐献给了抗美援朝。

鲜为人知的是，徐舜寿为"两弹一星"也做出了重要贡献。他接受并领导了核爆炸试验用的取样器的设计任务（代号为09工程）和用飞机投放氢弹的可行性研究（代号为816任务），先后设计了5种型号，圆满完成了中国第一次氢弹爆炸的取样任务，并被后来的历次试验所采用。

当然，在那特殊的历史时期，抵制"浮夸风"、在飞机设计室首创保证科学决策的技术委员会、坚决反对把一批离校不久的学生划为右派的徐舜寿，不可避免地被指控为"右倾机会主义"代表人物，受到大会批判，被迫停止了工作。

但航空事业离不开徐舜寿，1961年获得平反后，同年8月，中国第一个飞机设计研究所在沈阳成立，徐舜寿被任命为技术副所长。经过4年零9个月的摸索加实干，该所成功地自行设计出高空高速歼击机——歼-8飞机。

1964年7月，大型飞机设计研究所在阎良正式成立（即后来的603所），徐舜寿被调任技术副所长兼总设计师。这是他1949年以后的第五次搬家，第三次创业。他亲自组织领导了对轰-6飞机的改进改型设计，提出了改动发动机短舱，把自行研制的61F涡轮风扇发动机装到轰-5飞机上的改进方案。可在该机装备部队执行任务时，发现座舱温度高达50～60℃，给飞行员完成任务带来极大困难。为此，徐舜寿又组织技术人员研究改进方案，将原来的空调系统改成空调制冷系统。经飞行验证，该系统"低空能降温，高空能加温，压力调节好"，受到使用部队好评。

1965年10月，徐舜寿经过对多机种的调查研究和分析比较，提出以安-24为原准机，自行设计运-7飞机，为我国运输机研制的正确选型做出了贡献。谁知，正当他全力以赴地设计运-7飞机时，1966年6月的一天，四清工作队通知他回沈阳601所，将他作为"资产阶级学术权威"批判、打倒！

1967年4月，徐舜寿终于被允许回阎良603所。他以为就要回到自己魂牵梦绕的技术工作岗位了，临行前在给妻子的信中还满怀希望地写道："我最近算了一下账，是1956年10月来沈阳，开始搞这一行的……到十所两年多，还是1964年6、7、8三个月和1965年3、4月做了一点事。其他基本都没有沾所里的技术工作边，这样下去可真很难工作得好。等这次运动过了，得从长计议一下。"

令人遗憾的是，他永远不可能从长计议了。回到603所后，他马上被扣上"资产阶级反动权威""走资派""反党反社会主义分子""特务"等莫须有的罪名，被无休止地批斗、审讯、逼供、关押、强劳、殴打，被强迫服用残害身体的药物……所受的非人折磨，史料所记令人不忍卒读！1968年1月6日，徐舜寿在当天又遭受残酷迫害后溘然长逝，终年51岁。遗体火化时，火化工人说："正常死亡的人火化后骨灰应是白色的，而这个人火化后的骨灰是发黑的！"

他没有趋吉避凶的圆滑，但他光明磊落，刚正不阿，创造了一个又一个航空史上的奇迹！他的成就和遗憾，成了中国航空人心中抹不去的痛，也成了罗阳留下来的理由。他知道，走一条航空报国之路，需要的勇气比运气多很多！

当然，除了徐舜寿，还有许多"干惊天动地之事，做默默无闻之人"的英雄同事在坚定罗阳坚守的信心。

例如：中国航空设计的奠基人、外号"黄老虎"的传奇人物——黄志千。他是在琢磨透了米格 –21 型飞机的基础上，1964 年 10 月提出了研制马赫数为 2.2 倍音速的歼 –8 型歼击机的，被誉为歼 –8 型歼击机之父。然而，这位设计天才却没有看到令他骄傲的一天。就在歼 –8 型飞机设计工作全面铺开之时，1965 年 5 月 20 日，一架巴基斯坦国际航空公司飞赴欧洲的班机途径开罗上空时，发动机突然起火，飞机坠毁。遇难的乘客中有一位中国客人叫黄刚，职务是中国进出口公司工程师，年仅 51 岁。黄刚的真实姓名就是黄志千，在赴西欧考察时不幸罹难。

又如：歼 –8 原型飞机在定型试飞阶段出现了跨音速抖振，威胁飞行安全。为了排除故障，副总设计师顾诵芬瞒着当医生的爱人，先后三次冒着风险，乘坐著名试飞员鹿鸣东驾驶的超音速教练机升空，与歼 –8 飞机进行等速、等距飞行，在不同高度、不同速度、不同方位观察、拍摄飞机的流场。两架飞机最近时相距只有十余米，稍有不慎就可能发生意外。领导决定让他吃一个月"飞行灶"，他坚决不从，怕爱人知道后替他担心。由于不具备空勤身体条件，高速飞行和剧烈的颠簸使顾诵芬浑身大汗淋漓，恶心阵阵，头昏难忍，但他顽强地坚持着，终于找到了故障原因，改进了设计，彻底解决了抖振问题。

再如：1990年春节前夕，50岁的高级工程师、所劳动模范孙新国为了完成一项重点课题研究任务，已经连续加班月余。大年初二，老孙又冒着沈阳地区多年未见的漫天大雪独自到办公室加班工作。但疲惫的心脏已不堪重负，他去而不归，不幸病逝在办公楼旁。由于遗体被大雪掩埋，第二天才被同志们发现，全所为之动容。

"大国重器，以命铸之！"前辈们用生命给罗阳诠释了这字字千钧的一句话。于是，在逐梦的路上，寒冬只是他养精蓄锐的季节，罗阳在等待春天的到来。

大浪淘沙始见金

机遇总是垂青有准备的人。

1986年骄阳似火的7月，罗阳从27室调到9室任设计员，主要承担歼-8Ⅱ型号机机舱盖的紫外线老化对比试验、机舱温度、座舱供暖、飞行员应急情况下逃生等核心课题的研究。

这些课题涉及热设计、光学设计等复杂学科，在当时是全世界的航空业都要应对的新挑战。简单地说，当飞机高速飞行时，温度会徒然升高，这样舱盖的玻璃容易融化，需要设计出耐受这样温度的新材料，而且飞机在高空飞行时，座舱里就会增压，玻璃的薄厚不一样，就会产生偏差，或者爆裂。虽然伴随着科学技术的迅猛发展，出现了许多新型材料，但还都没有在飞机上应用过，因此必须通过材料老化机理试验，尽快筛选出适用的新材料来。也就是说，罗阳要在国内率先开展舱盖透明件材料人工加速老化研究。为此，罗阳非常珍惜这次机会，曾对原沈阳所所长刘春义说："我真幸运，刚来就能参与这么重要的任务。"

那时候，实验室的条件非常艰苦，设备简陋，大多需要手工操作。有一次在做实验时，水银泄露了，现场工作人员都很紧张。罗阳眼疾手快，冒着危险赶紧把硫磺撒在地上，减少了对大家的伤害。而通常的状态是，为了保密，罗阳需要钻到地下室工作，一干就是好几个月；设计出图了，还要到沈飞跟产，没有汽车，自行车也凑不齐，他就和同事们每天早晨列队跑步十几里路到沈飞；最令大家苦恼的是飞机设计在这方面还没有形成专业体系，只能靠估算，而所里的资料大多是俄文版。这可苦了只懂英语的罗阳。他特意买了一本俄中辞典，将资料里的内容一个单词、一个单词地翻译成中文，硬是把相关的俄文资料全部"啃"了下来。尽管如此，这方面的书籍还是很少，他不得不从北京 628 所检索调阅。数不清多少个夜晚，罗阳办公室里的灯一直亮到深夜。而这份刻苦钻研的精神，让罗阳很快就在型号设计中独当一面，成为所里最年轻的高工和研究员。

幸运的是，笔者在卷帙浩繁的档案里发现了这样一张纸——当年罗阳对于紫外线老化问题所做思考的记录。这张纸上清秀的字迹，显示了他作为一名优秀的科研人员清晰的思路、缜密的分析，以及具体解决问题的操作办法：

为了保证飞行员的绝对安全，需要做舱盖老化试验，防止老化损害安全性能，力学性能降低，最终影响飞行员安全。

一、在相同光源条件下，国产仪器与国外仪器读数比较，光源包括：1.太阳，2.国产紫外线灯管，3.美国紫外线灯管。目的，找出统一光源下，两种红仪器对应关系，光源总辐射量，（进口仪器测量值）=ax 光源总辐射量。

二、测试国产紫外线灯管总能量，能量区间及能量与波长分布关系。将这些数据与美国紫外线灯管进行比较。

三、国产仪器感受到的波长是多少，在可测的范围内，对单一波长的光源测量误差是多少？总之，要搞清楚当光源是混合光源时，国产仪器的读数包含哪些内容。

四、了解老化所人工加速，老化箱构造紫外线光源等。

五、影响有机玻璃老化的主要因素有哪些？温度、湿度、紫外线，它们之间是否有交互影响（有实验数据）？怎样确定加速人工老化的条件？

六、人工老化与自然老化的对比关系，对人工老化的看法？人工老化技术的关键是什么？

在 9 室的设计科研中，罗阳不仅是问题的提出者、思考者，还是不辞辛苦的实践者。他常常背着四个紫外线管，从中国最北边的漠河到最南边的海南岛，做了大量的实验。为了得到准确的数据，他常近距离地观察试验件的变化，记录实验数据，全然不顾紫外线的烧灼。晚上洗脸时，才发现皮肤烧伤严重，火辣辣的痛。要知道，一根紫外线管的强度，比海南最强的紫外线还强三四倍。

罗阳不仅肯苦干，更会巧干。过去做舱盖老化试验的方法是每年拉到海南岛暴晒 100 小时，再进行机械拉伸试验。这样既消耗大量人力物力财力，又浪费大量时间。罗阳经过认真分析，提出可以尝试用紫外线灯照射代替阳光照射。紫外线灯照射强度是自然光的三四倍，因此这种方法周期短、成本低，走出了国内飞机舱盖老化研究的新路子。

1986 年 8 月，在那个北方色彩最丰富的盛夏，罗阳飘飞的梦想终于转化为坚实的信念，光荣地加入了中国共产党。罗阳清楚，他还是他，入党不是已经立地成佛，不是锁进了保险柜，更不是立即变成了"特殊材料"，而是拥有了推动他无畏前行的信念。假如有一天，他淡化了信念，玷污了信念，或者舍弃了信念，那么，不管他权力有多大，位置有多高，名声有多么显赫，外表有多么光鲜，他也一文不值了。此刻，正是这种信念使他这颗种子终于找到了实现梦想的沃土，且展示出前所未有的清晰的未来。

于是，就在 1987 年他们 9 室搞生产自救实现了军转民时，罗阳选择了回到母校继续深造。当时 9 室研制出的乳胶手套生产线市场很大，产品非常走俏，火到卖图纸，效益非常可观。但罗阳毅然决然地放弃了这些，考取了北京航天航空大学全日制的研究生。1990年，他取得了北航的硕士学位，并毫不犹豫地回到了601所，回到了原来的专业组——座舱盖结构设计组。

1992年，电脑386刚刚开始普及，罗阳已经盯上了在处于国际前沿的计算机仿真技术。当时沈阳缺乏这方面的资料，于是他无论是到北京开会，还是到外地出差，总要到各个科研院所的资料室寻找相关的资料，能复印就复印，不能复印的就一页页地手抄下来，再一句句地翻译过来。日积月累，他像燕子垒窝一样，竟整理出十多卷的手稿资料。终于，经过刻苦的钻研，罗阳创新地提出"用外场数据支撑可靠性评估"，以计算机仿真方法解决研制问题。这些饱含心血的成果为歼-8系列、直到歼-15的成功研制奠定了基础。这个成果后来被编入北航《可靠性系统数学仿真》教材中，直到现在仍然是先进的。罗阳还主持编译出版了两册25万字的《飞机透明件设计文集》，为从事飞机透明件设计专业的同行提供了有价值的参考资料。

无疑，罗阳已成长为具有独立科研能力、在本专业领域有所创新的科研人员，在1996年被评为研究员。

　　人生的际遇就是那么奇妙。假若罗阳没有那个少年的飞翔梦，就不会报考北京航空学院；假若他没有报考北京航空学院，就不会被分配到北国的歼击机摇篮沈阳；假若没有那段萧条寂寞的岁月，他就不会深入了解徐舜寿、了解"大国重器，以命铸之"的航空人，从而完成他从热爱航空事业到决心航空报国的飞跃。而进入601所工作，则意味着他的人生际遇迎来了新的转机。整整10年的磨砺，罗阳已经做好了承担起更大责任的准备。

第三章

初试锋芒

11 月 19 日，晴，大战之前的寂静。

浩瀚的大海一望无边。

按程序，歼 –15 海试飞行后要接受例行检查，飞行人员要进行基础的流程演练，辽宁舰也要进行适时的"体检"。那一刻，少了发动机巨大的轰鸣声，辽宁舰顿时安静了许多。无疑，那一刻只是大战之前的寂静。

越是寂静，越能引发罗阳的思考；越是寂静，越使他意识到自己责任重大。尽管他知道歼 –15 已经经历了无数次检验，舰载机首次亮相的各个环节、各个方面都已做好一切准备，严阵以待，但是，作为制造方的唯一代表，他不仅肩负着了解、记录歼–15各种"临战表现"的重要职责，也必须抓住现场征询各方面意见的千载难逢的机会。为此，他向海军询问下一步海试飞行的工作要求，向总设计师孙聪询问飞机试飞时还需要做哪些改进，向司令员和参谋长询问舰载机能否满足中国海军的需求……不能出一丝差错，不能留一丝遗憾！

是啊，那无数个为之奋斗的日日夜夜，似乎很长，却分明很短。2005年12月，"瓦良格"焕然一新地重新出现在大连码头——舰身涂装了中国海军水面舰艇常用的浅灰蓝色，水线下由原来的铁红色防锈漆变成黑色防锈材料。不久，作为航母舰载机的歼–15立项，舰载机的飞行员也开始紧锣密鼓地选调。2007年11月，《沈飞年鉴》上这样注明：2007年11月13日，公司股东会接到中国一航《关于罗阳等同志任免函》（航人任2007年238号）。经研究决定，任命罗阳同志为沈飞有限公司董事长、总经理。11月26日，根据沈飞2007年第9次（总第26次）董事会决议，罗阳出任沈飞董事长兼总经理。

换句话说，中国一航和沈飞董事会，已经把中国航空工业最大的企业的权杖交到了罗阳手里。而这个命令下达刚刚一个月，2007年12月21日，中国一航再次下发《关于调整歼–15飞机研制工作现场指挥部成员的通知》。根据歼–15研制工作需求和人员变化情况，经研究决定对现场指挥部成员进行调整，调整人员名单如下：现场总指挥罗阳，现场常务副总指挥孙聪、郭殿满。要求实现首飞的时间表也确定了，军令如山，十万火急！

按理说，在决定罗阳任现场总指挥那一刻，他那个少年时代的舰载机之梦的实现就已经近在咫尺了！可这令人激动万分的时刻，又伴随了怎样的千钧重负啊！上级给予他们的时间毕竟太短了，太短了！从2007年底把指挥棒交给他，到实现首飞，这满打满算才一年多，就算他有经天纬地之才，单凭他罗阳的力量，那也是根本无法完成的任务——国外研制舰载机成功尚需四五年，那还是在"家底"相当厚实的基础上才能实现的。

但是，罗阳坦然接受了这一"超级任务"，因为他熟悉设计与制造这两个领域，他深谙决定胜负的关键是英雄的团队和一流的管理，而他从技术精英到管理专家的转变，从设计院到研制厂的跨越，托起了他实现梦想的翅膀……

最可心的接班人

1992 年 9 月，罗阳从一个普通设计员被提拔为 9 室党支部副书记兼副主任。老组织部长王宗禹告诉笔者，他看好罗阳，缘于所里一位老同志和一位年轻设计员的矛盾纠纷。当时双方各执一词，周围人又怕得罪人不愿发表意见，领导很难辨别谁是谁非。老部长找到罗阳想听听他的意见，罗阳毫不躲闪，把他看到听到想到的实事求是一一说来。老部长立即对罗阳有了新的认识——坚持原则、是非分明。加上罗阳平时工作勤勉认真，他所在的第 9 设计室一直是所里战斗力最强的团队，从此，罗阳在组织部长的眼里成了最可心的接班人。

罗阳坚持原则，但并不固执己见。原副所长赵波还记得他和罗阳仅有的一次争吵。"我们曾经因为选拔一名干部发生过争吵。我想选年轻有朝气的，他想选资历老经验丰富的，当时我们都认为自己有理，便在他的办公室大吵起来。虽然平时他很平和、很宽松，但是一遇到原则问题就不一样了。我们吵得很凶。为了强调我的立场，我甚至赌气说了'如果这次不能提拔他，我这个副所长也不干了'这样严重的话。罗阳当时就说：'不干就不干！'我们从早上 9 点一直吵到 11 点半下班，谁也没有说服谁，因此中午也就没在一起吃饭，各自回家去了。谁想中午，罗阳在家自己泡方便面的时候给我打电话，叫我过去谈谈。我去了。他说我们都应心平气和地听听彼此的想法，这样利于问题的解决。我就把我选择这个人的理由、对另一人选的考虑及后续安排等说了，他也说明了他的观点，但最终他还是接受了我的意见。我感觉到他不是在让步，而是对我这个主管具体业务的副所长的支持和信任。通过这件事情，我深深地感受到了罗阳同志宽大的胸怀，和时时为工作着想的可贵品质。"

从 1994 年 2 月担任沈阳飞机设计研究所组织部副部长，到 1995 年 1 月任组织部部长，罗阳在组织部只待了短短的 16 个月，可谁也没想到，这个搞技术的年轻人，竟把当时组织部的工作搞得风生水起。无论是最紧张、最繁杂的党代会会务筹备，还是最严谨、最公正的干部管理；无论是关心老同志身体，还是培养青年干部成长，他都有自己创新的一套。

比方有一位离休老同志，由于参加革命的时间没有弄清楚，影响到待遇问题。罗阳上任后，很快就把老干部政策研究透，并专门派两个人去老同志参加革命的地方收集原始证明材料，多次跟老干部局沟通。经过一段时间的努力，这位老同志多年悬而未决的待遇问题终于得到了圆满解决。

再比方对青年后备干部的推荐，罗阳也有自己的一套程序，包括后备干部要民主推荐、党支部要集体讨论、党政领导要互相沟通、要签名等。他在任上时，把原有后备干部充实到一百多名。他还特别重视培训，办了青年干部培训班、党政书记培训班，还组织人到西工大、北航等地学习。当时各区分配名额有限，他就积极想办法联系，希望把所里更多的人送去学习。

特别是为了留住人才，他大胆组织劳模、科技人员先后几次到香港学习，又安排了三批优秀党员去疗养，这对于当时并不富裕的沈阳所、对于当时还比较封闭的军工企业来说，无疑是突破性的，这也意味着所里要拿出一笔不菲的开支。"值得！这不是钱的问题，是尊重知识、尊重人才的导向。"沈阳所老所长刘春义说。

罗阳在管理岗位上一路绿灯，1995 年 6 月任沈阳飞机设计研究所党委副书记，1997 年 6 月任沈阳飞机设计研究所党委书记兼副所长。但作为一名拥有专长的设计人员，他仍然痴迷自己的专业，关心着舱盖这个研究领域的发展。一次北京要召开飞机舱盖方面的课题论证会议，他坚持要参加，并叮嘱所内参加会议的科研人员，千万不要提他是党委书记，就把他看成一个普通的设计员。开会的时候，他积极地和大家一起讨论，并发表自己的见解，不知情的与会人员都把他当成实验室搞测试的技术员，而那些德高望重的老专家却一致认为，他把这个课题研究得很深，值得继续专研下去。

纪委副书记张慧敏告诉笔者，学技术出身的罗阳看问题严谨，因此讲话很中肯，许多听过他讲话或参加过他主持会议的人，都佩服他严密的逻辑思维能力和惊人的记忆力。说实话，热爱自己的专业并有一技之长的人能潜下心来做管理工作，是不容易的，而且每个阶段都能把工作做的那么好，那是品质优秀的体现。

谁当"头狼"？

当然，在那节奏变幻莫测、大浪淘沙的时代，罗阳并非孤军作战，还有许多青年学子义无反顾地投身到航空报国之中。他们出身不同、专业不同、性格不同、生活习惯不同，但都在最基层默默坚守着。只不过，有七位年轻人把头埋得更低，把根扎得更深。他们就是被职工们称为"七匹狼"的李玉海、孙聪、方玉峰、赵波、王宗文、刘华翔和罗阳。

老所长刘春义告诉笔者：1999年，我在退休前准备选配所领导，就和所有老同志都谈了话。他们有的到了退休年龄，有的还没到年龄，我做了很多工作，劝大家都下来，把罗阳这批有干劲的年轻人推上去。谈起当年选配接班人时的心情，刘春义至今仍深有感触：那次班子大换血，一次性就上来七个年轻人，这在部里简直就是一场"大地震"，一时间说什么的都有。但他们有朝气、有想法、敢想敢干的特点还是被大家认可的。

那么这"七匹狼"谁来当"头狼"呢？当时所长的人选就集中在罗阳和李玉海两人身上。这就给班子出了个大难题——他们都是领导一手培养起来的，群众口碑又都很优秀。按理说，罗阳是最早被提拔到所领导岗位上的，他1995年当党委副书记时，其他六人都在下面当中层干部，那么按照一般的组织程序，罗阳再做一些工作，他是完全有资格有能力当好第一把手的。

但是，在反复比较中，最终李玉海当选所长，因为他有三个优势。第一，他是搞强动力的，和飞机主专业对口。罗阳是搞高空救生的，同样是很重要的专业，但与设计飞机关系不那么直接。第二，李玉海的经历比罗阳丰富一些，他在美国学习过，比较有世界眼光。第三，李玉海 1959 年生人，比罗阳大两岁，而且身上有一股霸气，敢作敢为。而大家对罗阳的普遍评价是稳健、务实、随和。这些微弱的差别，甚至不能称为差别的差别，颇让领导们纠结。最后上级决定：李玉海任所长，罗阳任党委书记。

　　"我当时想，在所里口碑很好的罗阳没有当上所长，心里肯定有很多想法。"刘春义回忆，"连顶头上司集团公司都怕罗阳想不通，派袁立本来做工作。没想到的是，不太会开玩笑的罗阳，那天很潇洒地开了个玩笑：'玉海，你大胆地往前走！'罗阳不会做什么表面的姿态，他认认真真地做自己分内的工作，在他身上看不出一丝一毫的不自在，更没有消沉。我找他谈话时，还没等我把安慰的话说出来，他就说：'请领导放心，我会和李玉海配合好工作的。我们的事业一致，目标一致，品质一致，干劲一致，职工们都称我们是"七匹狼"，狼性的最大特点就是精诚团结一致！'他的目光坚定，令我深受感动，更对他的胸怀和品格深深敬重。"

　　前任沈阳飞机设计研究院党委书记李燕谈起当时的情景时也不无感触地说："他进党委是最早的，当时在设计所没有人愿意做党务工作，因为既要处理与老同志的关系，又要处理与新同事的关系，而搞科研工作的人大多个性很强，没有相当的耐心和耐力，缺少为事业献身的真情实感是干不好的。罗阳却表现出一般人不具备的大局观，十分注重班子的团结合作，和李玉海所长配合得非常默契。"

时任沈阳飞机设计研究所所长、现为中航工业副总经理的李玉海对此更是感慨不已："和罗阳搭班子是一种福气，他的人品和工作能力永远都感染着你。他从来没有一丝私心，更没有任何功利思想。航空产品的研制，不仅要出成果，更要出人才、出产品，罗阳功不可没。航空工业是跑完一个马拉松，接着是 5 公里自行车，再接着下一个马拉松加 15 公里竞走。搭班子，干型号，提管理，罗阳是当之无愧的楷模！"

就这样，在李玉海、罗阳的带领下，平均年龄只有三十多岁的"七匹狼团队"顶住了来自各方面的压力，完成了沈阳所新老班子交替。换句话说，这些 1982 年以后毕业的大学生，跨过了十年"文化大革命"的废墟，跨过了整整一代人的断层，正式走上了领导岗位。

三板斧和五步棋

其实，当集团公司党组一纸任命把李玉海和罗阳分别推上"航空第一所"的所长和党委书记的岗位上时，面对601所40年创造的辉煌，面对重点型号研制的繁重任务，面对计划经济模式的老所要转轨转制的新形势，面对集团公司党组的关注和全所干部职工的期盼，他们深深地感到了肩上担子的沉重。

经过他们三个多月的思考和探讨，2000年4月，李玉海在所第八届职代会上用字斟句酌提炼出的"调整精化、一所多制、强化管理、持续发展"为所的改革发展定下基调，一鸣惊人，并雷厉风行地在601所砍了"三板斧"。

第一板斧——新班子上任后，向全所承诺要做好八件实事。其中清理违章建筑是多年的老大难问题，很多老同志出于对新班子的爱护，提醒李玉海要慎重些。李玉海没有多说什么，带着有关人员在所区内转了两天，随即指示宣传部门把所区环境状况拍成专题片向全所播放，然后，指示有关部门先从自己岳父家的违建小房扒起，结果仅用不到半年时间，所区面貌焕然一新。继而，李玉海与物业公司商量在所区中心的黄金地段盖起一栋综合服务楼，把因拆违建受到影响的餐馆、商家集中到综合服务楼里营业。这一举措极大地提高了新班子的威信。

第二板斧——在全所中层干部会上，公开点名批评机动处处长。这在爱面子、知识分子聚堆的601所，是从来没有过的。这看似不讲情面的做法，对于严明纪律、提高职工责任意识非常有必要，也增强了团队的凝聚力和战斗力。

第三板斧——实行"机关全员下岗，再竞聘上岗"。这在当时军工科研院所里，简直是石破天惊的事情。结果硬是从一百四五十人中剥离了三分之一，没有岗位的人就在所里接受培训，或继续剥离处理。当时所里正是任务量、收入向上走的时期，让谁走谁也想不开，引发的震动非常大。但李玉海为了彻底改造老军工企业，敢于刺刀见红，不怕得罪人。

当然，李玉海在砍出这三板斧期间，免不了有人带着红包或礼品登门，请他网开一面。每逢这时，他就会脸一板："想办事不？想办事就把东西拿走，否则就等着纪委处理吧！"有时他不在家，来人把东西放下就走了，他回来后必定让爱人自己把东西退回去。

而这时，作为党委负责人，在阻力和困难面前，罗阳思考最多的是"配合"问题。"配合"在科技名词上是这样定义的：基本尺寸相同的、相互配合的孔和轴公差带之间的关系。而从工作关系上讲，那就是为了共同的任务分工合作，协调一致地行动。于是，罗阳走出了配合的"五步棋"。

首先，他要求党委各部门以科研生产为中心，全力支持行政领导工作。他与李玉海一道明确了班子成员职责，并以正式文件下发，避免了职责不清可能引起的矛盾。其二，他提议坚持党委成员学习制度，坚持党委民主生活会制度，班子成员经常沟通思想。其三，他推出党风廉政建设实施细则，党委班子成员做出党风廉政建设承诺，请全所职工支持和监督。其四，他和李玉海一起提议纪检监察部门对所班子和中层干部实行了廉政承诺制度，一起支持党委对干部制度进行改革，干部的选拔由任命制改为聘任制，加大民主评议、群众监督的力度，增加透明度，实行任前公示制度。另外，在对干部的考核上，首次实行了对不合格干部亮"黄牌"。其五，加强和广大职工群众的思想交流。2000年8月，针对职工对改革存在疑惑的情况，他以答记者问的形式在601所报上用两个整版的篇幅向全所职工敞开心扉，答疑释惑，在职工中引起很大反响。

制定了宏观的制度，还要有具体的执行。为此，罗阳办了很多期剥离、离职人员培训班，亲自给他们上课，培养他们就业的技能，使他们又燃起了生活的希望。犹记得，当年军转非是因为一些人看不到军工企业的前途，纷纷自行而去。而此时的军转非，是企业为了发展自动选择可留下的人才。当时所里有两名年轻的专业技术骨干要离开601所到国外公司去，罗阳了解情况后，主动给他们讲航空工业的发展前景，讲601所能够给年轻人提供很好的发展平台，希望他们能够留下来。这两位年轻人在他的感召下，不仅留了下来，而且更加努力地工作，现在都已经成为了集团公司的首席技术专家。

在李玉海和罗阳的默契合作下，601所进行了大刀阔斧的改革，不仅营造了"尊重知识、尊重人才"的氛围，使职工的自身价值在工作中得到实现和肯定，也提高了职工的生活水平。如1999年新建144套72平方米的骨干房，分配给没有获得高级职称而被评为技术骨干的年轻人。2000年，他们又筹集360万元，为科研一线人员发放型号任务津贴，并严格考核，拉开了分配档次，激发了大家的工作热情。

如果把601所的日常工作称为气势磅礴的交响乐，那么，李玉海和罗阳就是乐团的指挥和领唱；如果把他们称为"男声二重唱"，那么，他们一个是唱高音部的，一个是唱低音部的；如果非要强调他俩职务的区别，那么，在601所的舞台上，他们一个唱红脸，一个唱白脸。

有人说，李玉海是这"七匹狼"中的头狼，而罗阳是"七匹狼"中的灵魂。以笔者的眼光看，谁是头狼、谁是灵魂，并不重要，重要的是他们相互辉映，带领团队走向了新的辉煌。

七匹狼团队

千日养兵，用兵一时。

当歼 -8 Ⅱ 重点型号机的任务下达，"大决战时刻"到来，李玉海与罗阳这两匹"头狼"，没有丝毫畏惧，而是深深地埋下头，在自己精心锻造的营地里，用那深沉的、不可抗拒的低噑，拉响了决战的信号！而在航空领域独领风骚的那五匹"小狼"，很快就聚拢在他俩周围，发起了向最前沿的世界航空科技的追赶！

让我们来认识这些中国航空领域的领军人物吧。

首先应该介绍如今已经蜚声中外的歼 -15、歼 -31 的总设计师——孙聪。孙聪个头不高，性格温和，却在高端歼击机设计上叱咤风云。他 1961 年 2 月出生于沈阳，1983 年北京航空航天大学火控专业毕业，1999 年飞机设计专业硕士毕业。参加了火－飞－推综合设计、先进航空电子综合化系统构型、飞机总体综合设计、隐身技术等预研及重大型号与课题的研究，在国内首次设计开发了飞行员操作程序，填补了我国战斗机综合火控系统研制的空白。为实现空军"攻防兼备、以攻为主"战略思想的转变，其主导的 10 大项 33 个"九五"课题和 10 大类近 50 个"十五"预研项目全部以高质量通过国家验收，在飞机总体设计工作中积累了丰富的经验。特别是在研究所航空电子综合化专业的组建、歼－8 Ⅱ型飞机、歼－8 ⅡM 型飞机及高新工程研制上，孙聪做出了突出的贡献，成为国防科技工业"511 人才工程"学术技术带头人、国防科技工业高级管理人才。他具备了全方位驾驭飞机设计的超凡能力，继我国著名飞机设计师黄志千、顾诵芬、李王明之后，在 2001 年 12 月成为 601 所第四任总设计师，时年仅有 40 岁。

第二位是眉目清秀、颇具中国文人风骨的方玉峰。作为罗阳的同班同学（当时他是学习委员，罗阳是体育委员），他与罗阳一起分配到沈阳 601 所，从事飞机环控系统设计。被任命为副所长后，主管技术工作，先后解决了试飞新研制的发动机风险大、技术难度大的技术难题。1995 年 1 月，34 岁的方玉峰被任命为副总师，全面负责动力装置、液压、环控、救生等多个专业的技术管理工作。1996 年，因使我国歼击机环控系统设计水平迈上新台阶而荣立航空总公司个人一等功。他还先后当选航空工业总公司"十佳青年"、航空工业总公司有突出贡献专家，并在 1998 年荣获首届辽宁省青年科技奖一等奖。

接下来是被称为"神脑"的刘华翔。他西北工业大学毕业，爱学习、脑子反应快，担任主管经济、技改规划的副所长后，在工作中很快展现出统揽全局的能力。在歼 -8 Ⅱ 型飞机研制中，他与技术人员共同提出了"开环控制、预先防喘"的设计思想，为解决发射导弹引起飞机发动机空中停车这一重大技术问题打下了良好的基础；在靶试攻关中，他们还开创了一套拦射武器火控系统的试验方法，极大地提高了我国航空武器的作战效能。1995 年，刘华翔被破格晋升为研究员；1996 年，荣立部级一等功；1997 年，被任命为副总师；1999 年，荣立部级二等功。刘华翔现在已经成长为在飞机设计领域较有名气、在科技管理方面颇有建树的领导者。

而赵波这位"运动达人"比他们年龄小一些。他 1987 年南京航空学院硕士研究生毕业后，1997 年和罗阳一起被提拔到领导岗位上，出任副所长。在歼 -8 Ⅱ 型飞机防喘系统试飞时，赵波临危受命攻关，在做了大量的理论分析和仿真计算的基础上，写出了《歼-8Ⅱ型某状态飞机在发动机防喘工作情况下的操稳性分析》，圆满地解决了这一难题。赵波还参加了多项课题的研究工作，并有多篇学术论文公开发表。他先后荣立部级三等功、航空研究院二等功，部级科技进步成果二等奖、三等奖，总公司"八五"预研工作二等功。尽管他离开了自己心爱的专业，主要负责全所的民品工作，但很快在员工培训、人才管理上显示出超前思维，为601所奠定了人才基础。

像罗阳一样，认真、忠厚、不善言谈，但具有较强的党性观念和突出的管理能力的王宗文，被任命为党委副书记兼纪委书记，也干起了党务政工工作。位置虽然变了，但他对待工作的态度丝毫没有变化。在他的领导下，2000年6月，纪委推出了《党风廉政建设责任制实施细则》，2001年下发了《领导干部廉洁从政规定》，并建立了领导干部廉政档案，还在基层聘任了21名党风廉政建设监督信息员，在所报上发表所领导班子成员亲笔签名的廉政承诺，等等。这些举措树立了领导班子良好的形象，群众都夸601所的领导风气正。与此同时，他还协助党委书记罗阳主管了一系列党、政、工、团的工作，包括6S管理、企业文化建设、普法宣传、稳定工作等。虽然这些工作繁琐庞杂、不容易出成绩，但他干得有声有色。他先后获得过航空部科技进步一等奖、航空总公司歼 -8 Ⅱ 型飞机研制个人一等功，被沈阳市委、市政府授予五四奖章、"十大杰出青年知识分子"称号，被市中直工委授予"优秀党务工作者"称号。

这样，为了重点型号首飞，在"七匹狼"八仙过海、各显其能的带动下，顿时，全所上下百狼齐嚎、千狼齐啸、威武雄壮、声震山河。

为了重点型号首飞，"结构部狼团队"里，在紧张的发图阶段、在试验的关键时刻，这里已经没有白天黑夜。年轻的父母只好将年幼的孩子带到办公室，办公室就成了临时的幼儿园；为了加班发图，很多同志病了，室主任、专业组长、设计员轮流看病、打点滴；200 号办公楼常常彻夜灯火通明，成了601 所一道亮丽的风景。他们仅用了不到 8 个月的时间就发出图纸两万多张，而在国外完成一种型号飞机航电系统设计通常需要两年。

为了重点型号首飞，"综合航电部狼团队"里，工程师陈德军作为专业的技术骨干经常出差，有时一走就是几个月，以致孩子不认识他，见了他就哇哇大哭；青年工程师王萍的儿子不足两岁，但她连续半年每天早出晚归，听到电话那端儿子生病了撕心裂肺的哭声，王萍只能任凭泪水肆意流淌……

为了重点型号首飞，"结构强度部狼团队"里准备结婚的七个女孩子，没时间布置新房，没时间买家电，更没时间拍婚纱照……

为了重点型号首飞，"航电系统狼团队"里，高级工程师蔡盛喆来不及回味初为人父的喜悦，就满怀歉意地离开了产后虚弱的妻子。最为残忍的是，他还未来得及尽一点父亲之责，出生不到一百天的小生命就离开了人世。望着悲痛欲绝的妻子，他心如刀绞，第二天却又一如既往地奔忙在试验现场上。高级工程师刘永生的母亲病危，临终前最大的愿望就是跟唯一的儿子见上一面。一边是万众瞩目的重点型号工程，一边是含辛茹苦抚养自己长大的母亲，孰轻孰重？他忍悲含泪，毅然咬牙留在工作现场。母亲病逝的噩耗传来，面对老人的遗像，他泪如雨下……

当然，还是为了重点型号首飞，罗阳领导的所党委也积极探索党的工作新思路。如党政工团联合机关各部门制定了一系列措施，全线绿灯保科研。为了保障设计人员的身体健康和照顾孩子们，各部室成立了后勤保障组，所领导现场走访慰问，工会下发各种饮料，医院送医送药上门，后勤把饭菜送到现场，暖气、电器维修随叫随到，宣传部门到现场采访报道，科计部到现场解决各种问题……

而所团委在全所青年中开展了"型号成功我成才"系列活动：与人劳处联合开展了"师徒结对学艺"活动，10 对师徒被授予 2002 年度优秀师徒；为配合三维数字化发图工作，开展了"两保一创"劳动竞赛；为了配合发图培训，举办了"翱翔三维蓝天，放飞青春理想"建模设计大赛；举办了第四届"所十佳青年"评选活动，并以所党委名义表彰奖励了 30 名在科研生产经营工作中做出突出贡献的优秀青年。所报、所电视台开辟了"十佳青年""青年舞台""青年风采"等栏目，对先进人物和先进典型事迹进行宣传，以典型为引导，不断掀起"我为型号做贡献，型号成功我成才"的热潮。

重点型号是航空人的生命，也是 601 所生存和发展的基础，更是武装国防、保卫祖国的需要。601 所人始终将"铸航空利剑，扬中华国威"作为神圣而光荣的使命，并在"七匹狼团队"的带领下，初步实现了三大转变：在技术水平上，实现了从研制第二代歼击机向开始研制第三代歼击机的历史性转变；在管理机制上，实现了从科研设计型研究所向科研设计经营型研究所的转变；在产业结构上，实现了从单一军品研制向军品为主、军民结合的转变。这样以突破新一代歼击机的关键技术为目标，大力开展了预先研究，形成了型号研制、预先研究、技术引进并重并举的技术发展格局，实现了跨越式发展，走出了一条独有个性的、艰难曲折的引进消化吸收再创新之路……

如今的"七匹狼"都已成为中国航空工业的"参天大树"。李玉海现在已经成长为中航工业的副总经理；孙聪成长为中航工业副总工程师；方玉峰成长为中航工业飞机董事长、分党组书记；刘华翔成长为中航工业防务工程部新机办主任；赵波成长为中航工业气动研究院院长；王宗文成长为中航工业气动院党委书记。

第四章

夯实起飞台

11 月 20 日，海上起风了，还飘起了小清雪。

清晨，在苍茫的大海上，小清雪伴随着寒冷的北风起舞，天地间一片混沌，给人一种无形的压抑感。

罗阳的情绪似乎并没受到天气的影响，他还在航母机库里转悠。机库墙上写着"满负荷运转"、"超极限爆发"、"忘我式拼搏"几行大字。在那个很大的机库里，罗阳绕着走了一圈又一圈，因为歼-15 由三万多个零件、百万道工序组成，绝不允许任何一个细小环节出现纰漏！

记得 2007 年 7 月的一天，歼-15 飞机试制开工仪式在沈飞数控厂举行。601 所领导向沈飞公司移交了部分图样和数据光盘，沈飞公司副总经理也向领导报告了开工情况，而沈飞公司劳动模范在主要领导剪彩后立即启动了车床，这标志着该工程零件正式开工生产。工程全机零件总计三万多件，原计划至 2007 年底交付 30%，实际因各种原因 12 月下旬零件才开始陆续交付。换句话说，直到罗阳担任歼–15 的现场总指挥，生产还没有真正开始。

目前，世界上现役的舰载机主要有美国 F–18、俄罗斯苏–33、英国"鹞式"和法国的"阵风"。中国选择与其处于同一水平的歼–15 作为舰载机进行自主研制，无疑是一个巨大挑战。舰载机的整个系统、材料和动力等涉及大量特殊关键技术，数百个技术环节需要突破，这一切，几乎都要从零开始。

人马还是那些人马，厂房还是那些厂房，机器还是那些机器，怎样在这里把图纸变成一个个全新的高科技部件？怎样把这些高科技部件完美组装？没有时间犹豫，更没有时间观望，罗阳一接手，就以迅雷不及掩耳之势，在生产方式与组织形式上，创造性地打响了两场前哨战。

第一场前哨战——毅然舍弃了过去军工企业一窝蜂式集中齐上的老传统，而是采取分兵作战的方针，把以歼–15 为代表的各种型号机分 A、B、C、D、E……一个领导带一个团队，负责一个型号，并一竿子插到底。

罗阳就像元帅升帐，运筹帷幄，把任务明确无误地下达给堪当重任的大将军们。主管行政的"大将军"有的专门负责质量管理和器材采购供应，有的负责战略发展与规划、经营管理与管理创新，有的负责人力资源、人才队伍建设、保卫保密，有的负责投资管理、非航产业发展与改制。而主管业务的"大将军"有的负责技术管理与技术发展；有的负责生产组织和管理，负责歼 –15 项目；有的负责军机销售及售后服务、老旧项目；有的负责民机和 C 系列；有的负责安全生产、6S 管理，还有的负责开发新型号机项目……

第二场前哨战——充分利用自己跨行业的独特优势，发挥熟悉科研所设计与生产企业的组织能力，打破先设计、后制造的老规矩，将两个单位的研制人员整合为一个"飞鲨"团队，创造了先进的设计制造手段和组织模式。传统上，制造与设计单位从来就是一对矛盾体——设计者唯愿立足技术最前沿，而制造者或者难以完全领会设计者的意图，或者工艺达不到设计者的要求，结果总是难如人意。罗阳打破窠臼，在设计阶段，让沈飞上百名科研人员来到沈阳所，提前介入设计，从源头上参与研发；而到了生产阶段，沈阳所科研人员也浩浩荡荡进入沈飞，将设计延伸到制造。

这是一场世界顶级的高精尖的竞赛。从二代机、三代机到四代机，由望尘莫及，到望其项背，再到同台竞技，每一步的追赶都是一次飞跃，而罗阳，正是要不顾一切地夯实这次即将比翼齐飞的平台，就从他来到沈飞集团的第一天开始。

顶雷上岗

2002 年 7 月，中航工业集团一纸命令：罗阳任沈阳飞机工业（集团）有限公司党委书记、副董事长，使之成为这座"歼击机摇篮"的思想领航者，精神领袖。

然而，从一个两千多人的研究所到一个两万多人的制造企业，虽然同样是当党委书记，但因为管辖范围不同、规模不同、阶段不同，所以要面对的挑战也不同。

时值国有企业体制改革的摸索攻坚阶段，沈飞公司作为东北老工业基地拥有辉煌历史的老军工企业，更是此次改革的重中之重，可谓是困难重重，百废待兴。如果说 601 所是个知识分子聚堆的研究所，那么，沈飞更像一个包罗万象的小社会。这里既有从事主业的军品生产单位，又有医院、学校、第三产业、运输公司等需要改制的单位，还有几十家大集体企业。各种体制不同、产品各异的企业混杂在一起，要进行根本性的体制改革，这无疑是一项极其复杂而又艰巨的工程，直接影响到沈飞能不能脱胎换骨。此时出任党委书记，可以想见，罗阳首当其冲的任务不是组织生产，而是维稳，应付上访潮。

据说，当年朱镕基总理来沈飞视察时，曾留下两句话：把主业干好，把军品干好。继而，2003年国务院便出台859号文件，提出了"主辅分离，招商引资，对外开放大格局"的口号。

可是长期的计划经济在职工心里已经深深扎下了小庙不如大庙好的根子，改制涉及利益分配问题，引起了职工极大的心理波动，上访的人很多，处理不好就会影响社会安定。

其实罗阳完全可以不蹚这"浑水"。2002年初，罗阳还在601所担任党委书记时，原国防科委的领导曾找他谈过话，想调他到国防科工委好好培养。与此同时，罗阳已经清楚中航工业集团有意让他到沈飞公司担任党委书记。在抉择时，罗阳坦然地说，我知道到国防科工委对于个人的成长、对于家庭的改善、对于女儿上大学就业，都要比留在沈阳好得多。但是，我还是想趁年轻的时候，在基层多积累一些经验，多干出一些成绩，等以后再到机关吧。

于是，当沈飞办公楼前出现群众上访的情形时，罗阳义无反顾地把解决下岗职工、困难群众等弱势群体的生活、发展问题当成自己义不容辞的责任。

那天，一位退休的老领导得知北京要调走罗阳的消息，怕他甩手而去，曾和他有过这样一段对话：

"罗阳，你来的时间不巧，撞到枪口上了。主辅分离不分不行，那是国务院文件，可是一分就触动群众利益。他们依赖这棵大树习惯了，突然自己谋生了，怎么能适应？你要注意，如果这个问题解决不好，他们还会越级到市里、到省里去上访。"

罗阳点了点头："您说得对，任何事物都是一对矛盾体。有矛盾不怕，怕的是不能正视矛盾呀！"

老领导紧紧盯住罗阳："你能正视吗？你不走？"

"能！我来了，就不走了！"

君子一言，驷马难追。不久，罗阳就妥善处理了一起上访事件。

那天，接到下岗工人要进城上访的紧急电话，罗阳急忙下楼备车，直奔通向省政府的道路去拦截。万幸，那十几名上访职工还没有走多远，就被他的车追上了。"工友们，大家快站到马路边上来，马路上车多危险！"罗阳一下车就急切地招呼大家，"我是新来的党委书记罗阳。大家从北陵后身不辞辛苦地赶往省政府，我知道心里一定有解不开的疙瘩。我来，就是来给大家解疙瘩的！"

人群中一个长着连鬓胡子的汉子首先接话道："看，又来了一个大忽悠！我们都被你们这些当官的忽悠下岗了！这次，我们见不到省长，讨不来公理，绝不罢休！""对，见不到省长，绝不罢休！绝不罢休！"所有人都跟着喧哗了起来。

"请大家安静一下，听我说！"罗阳一边举手示意，一边大声地呼喊，"大家不要激动，听我把话说完。你们想过没有，即使你们见了省长，提出了你们的要求，问题最终还得由我们企业自己来协调解决，你们说对不对？我刚来时间不长，请允许我把事情调查清楚，我保证给大家一个准确的说法！"

一个年轻人站出来说："罗书记，不是我们不相信你，这种话我们都听腻了！每次我们出来，领导都是这么讲的，可每次都是雷声大雨点小，做做样子给我们一点儿补偿，但根本不能解决我们的生活问题。"

　　"就是！我们祖祖辈辈在这里工作，突然被分离出去了，给几万元就打发了，这物价天天长，我们怎么活呀？！"

　　"弟兄们，上头领导不发话，下面的领导说了也不算数，要想解决问题，就得找最大的头儿！走，我们到省政府找省长去！"不知是谁一声招呼，人群又开始往前涌。

　　罗阳伸出胳膊，提高声音说："工友们、工友们，请让我再说最后一句话！如果大家觉得我说得对，你们就不要去找省长了；如果觉得我说得不对，我就带你们一起去找省长！"话音一落，人群顿时变得鸦雀无声，所有人都在等待，看罗阳能有什么本事。

　　"工友们，我以沈飞党委书记的名义向你们保证，"罗阳果断说道，"第一，我兼主辅分离企业的董事长，扶上马送一程；第二，尽快成立专门的办公室，处理你们遗留的问题；第三，如果与政策不违背，能解决的尽量解决。如果办不到，我罗阳就不称职！"

　　罗阳的话讲完了，马路边出现了死一般的寂静，空气也仿佛凝固了。大家你看看我，我看看你，似乎不敢相信罗阳说的是真的。陪同罗阳一起来的干部们更是面面相觑，担心罗阳做出的这个"冲动"的承诺，弄不好会搬起石头砸了自己的脚。

这时有反应过来的人带头鼓起了掌，顿时，马路边响起了一片热烈的掌声……

罗阳是这样说的，也是这样做的。为了实现两三年内全面实现"精化主体、分业经营"的目标，他认认真真地办了三件事：

第一，他主动亲自挂帅，兼任沈飞置业公司的董事长，实打实地担当起主辅分离的重任。

第二，在政策上给予明确的扶持。2003 年 8 月 22 日，公司四届十五次职代会通过了待岗人员管理暂时办法《关于员工内部退养有关规定》，成立待岗管理中心，下发了"主辅分离、辅业改制"指导意见的通知。公司开始了辅业改制试点，员工竞聘上岗工作进入实施阶段。

第三，企业改制后，他承诺在头三年，沈飞要千方百计创造条件，以保证分离企业有活干，且不搞一刀切，成熟一个，分离一个，真正做到了扶上马送一程。于是，铝合金厂、沈飞宾馆、沈飞医院、第三产业、运输公司等十多家企业相继成功分离出去了，那一下子就分离出职工三千余人。

这一系列措施虽然很快遏制住了大规模的上访势头，可零零星星的上访一直没有间断过。罗阳深知，中国的老百姓是最好的老百姓，只要火不烧到自家炕沿上，是绝不会闯进领导办公室喊冤叫屈的。况且这个举动本身就说明他们对领导、对党组织还是相信的。在这个时候，作为领导，更要关心他们的诉求，千万不能将他们推出门不管。为此，罗阳做了大量的深入细致的政治工作。他认真接待，就像对待自己的兄弟姐妹一样，能解决的，便立即给予解决处理；不能马上解决的，他就感情上先安抚，再交给工会继续关照，争取尽快解决；实在不行的，他就给下岗职工办培训班，培养待业人员技能，使之能够重新站立起来。

无疑，"主辅分离、辅业改制"是沈飞突围的条件，腾飞的基础。按罗阳的说法，这是他必须坚守的阵地，不能因为他工作不到位而丢失，更不能把问题推向社会，变成不稳定因素。正是在他和班子的共同努力下，沈飞在改制中没有造成大的群体性事件，改制的后顾之忧得以平稳解决。

政治不是玩虚的

与此同时，对留下来的沈飞人的精神领航，更是罗阳这个党委书记必须挑起的重担。当时沈飞的型号研制时间紧迫、任务繁重，要在如此短暂的时间内完成如此艰巨又如此重大的使命，没有一个立场坚定率先垂范的领导队伍，那是绝不可能的！为此，罗阳一手抓维稳，一手抓直属党组织建设，并迈出了关键的四步。

第一步，尽快健全党的组织框架。罗阳任党委书记不到半年，就恢复了已经停了五六年的"书记研讨会"制度。过去的书记研讨会曾被职工们戏称为"神仙研讨会"，即务虚不务实。而罗阳把恢复研讨会作为党务工作的抓手，工作思路、工作目标都要在研讨会上制定解决。

第二步，一头扎到基层调研，研究班组的党小组建设。这样，他从最基层的班组党小组建设到工段、车间党支部建设，再从车间党支部建设到工厂党总支、党委建设，最后从厂党委建设再到公司党委建设，使党的工作有渠道，并且从上到下畅通无阻，还采取组织措施把这种方式固定了下来。

第三步，制定了《沈飞党委工作考评规定》，创造性地把政治工作量化了——第一，自己制定了考核目标，工作计划要有"交付物"，在结果上考核；第二，党务工作不仅要自己考核，还必须让相关部门来评价，每月未完成的工作要说明原因，制定措施完成；第三，让生产组织部门来认定。这样一来，他把党务工作由务虚变务实，由无形变成有形。这项工作得到了上级的肯定，沈飞获得 2004—2005 年度中航集团优秀政工成果奖，使党委工作上了一个新台阶。

第四步，加强对领导干部的理论培训。罗阳非常重视提高领导干部的理论水平，每期都认真备课，并为学员亲自授课。他从不照本宣科，而是将自己的学习体会、对形势的看法、在工作中悟出来的经验等与中层干部们分享。正因为很实际、很具体，常常使大家如同拨开云雾见太阳，很受启发。

一次因为罗阳出差，党校正准备对课程进行调整时，接到了罗阳委派秘书打来的电话，说书记要连夜赶回，第二天照常为学员上课。而那天罗阳在课堂上传授的"九商"，至今还在学员们耳边缭绕着，成为许多沈飞人心中最难忘的一课。

——心商，也就是心态，积极的心态是成功的前提。德商，也就是一个人的道德品质，"小胜在智，大胜在德"。志商，是一个人确定人生志向和目标能力，"小志小成、大志大成"。智商，是人的智力发展水平。罗阳鼓励大家，人的大脑就像沉睡的巨人，一般人只用了其中不到 10% 的智慧，要不断地进行开发从而掌握更多的知识和本领。情商，是认识管理自己的情绪和处理人际关系的能力。逆商，是认识逆境战胜逆境的能力。悟商，是对人和事物本质慎思明辨的能力，要学会透过现象看本质。财商，是理财的能力，要让金钱为人服务，不要做金钱的奴隶。健商，维护身体健康的能力。罗阳生动地讲道，如果用一棵大树作比喻，心商、德商、志商是大树之根，智商、情商、逆商、悟商是大树之干，财商、健商是大树之果。对于人而言同样如此，只有修炼"九商"，才能做一个身心都健康的人。

除此之外，罗阳还把培训工作做到了班组。他认为班组是企业最小的细胞，这个细胞的力量取决于班组长这个兵头将尾的管理者、领导者的素质，因此，他倡导党委、工会、共青团、妇联一齐上阵，从不同角度办培训班，把打造学习型班组领导人当作一项长期的工程。

为此，他提出通过"四个一"有力推进公司"六型"班组建设。"四个一"指：建好一个平台，营造学习氛围；树立一个观念，强化创新意识；培育一种文化，构建和谐环境；树立一批标杆，打造一支队伍。"六型"班组达标内容：文化素质达标、技能水平达标、创新创效达标、质量安全达标、精益管理达标、核心民主达标。

数控加工厂 32 岁的李晓亮是公司高级技师、沈阳市技能标兵和蓝领之星，作为一班之长，他在沟通协调、生产组织、质量管理、安全管理、现场管理、设备管理、团队建设这日常 7 件工作上做得相当到位，颇有心得。罗阳及时地抓住了这个典型，在全公司班组中进行推广。

与此同时，罗阳还一直把党风廉政建设作为一项重要的工作来抓，对待那些党员干部队伍中的害群之马，他旗帜鲜明、毫不手软。2003 年 1 月 10 日，公司下发沈飞监字（2005）9 号文，决定对已构成受贿罪的原某零件加工厂负责人做出行政开除处分，18 日，下发党发（2005）3 号文，同意对其给予开除党籍处分。2003 年 4 月 15 日，公司下发沈飞监字（2005）92 号文，决定对犯有受贿罪的财务处原处长做出行政开除处分，28 日，下发党发（2005）20 号文，同意对其给予开除党籍处分。

文化突围

作为 60 年代出生的那代人，罗阳亲身经历了中国由计划经济向市场经济转变的伟大历史进程，感受了文化作为一种潜移默化的力量源泉所产生的巨大影响——像卢新华的《伤痕》这样一些反思的小说，像艾青的《大堰河我的母亲》这样一些厚积薄发的诗歌，像李光曦的《十月的北京》这样一些催人奋进的歌曲……正是这些积极的文化抚慰了人们的心灵、唤醒了人们的希望，推动人们破旧立新，勇敢迈出了向未知探索的步伐，使中国由封闭走向开放，由匮乏走向富足。

　　同样，在军工企业转型换代的关键时刻，也需要一种文化来抚平改革带来的阵痛，帮助人们树立信心，以保证这种转变的完成。在航空武器装备高速发展、重点型号研制任务繁重的巨大压力下，同样需要仰仗优秀文化来作为凝聚力、推动力。一个人最大的破产是绝望，最大的资产是希望。为此，怎样借助航空报国的精神，重塑沈飞的企业文化，成为了罗阳的工作核心。

　　2006年3月16日，罗阳在"企业文化推进会"上指出："文化是一种理念，一种深入人心的工作态度。我们要达到的目标是职工中形成自觉意识，就是做事时，不需要别人监督和强制，就能自觉地履行职责。"罗阳还用诙谐的语调特意举了一个例子，"我们都知道酒文化。不是说大家的酒量多少就是酒文化，而是指酒的起源、酒的发展、酒具的使用……"因此，他提出，

"文化不能抽象,而要与实际相结合,与公司制度、与公司管理相结合,才能形成有利于公司融合发展的有形力量"。

结合的第一步,就是创建沈飞的学习型文化。在他的领导下,《今日沈飞》《走进沈飞》,以及沈飞的电台、电视台等媒体广泛宣传,让员工们了解什么是学习型组织、为什么要创建学习型企业、怎样创建学习型企业等问题。还编印了《学习型组织理论简明读本》作为干部员工培训教材。同时,坚持"走出去,请进来",多次选派骨干外出参加培训,建立了兼职培训师队伍,为全员参与和普及学习型组织基本知识奠定基础。领导干部在创建学习型企业过程中起着至关重要的作用,为此,公司专门开办了经理人培训班,抽调各生产厂厂长及科、处一把手参加,先后聘请专家学者举办了《企业的核心问题》《如何创建学习型组织及五项修炼核心技术》《塑造阳光心态》《企业文化概论》等讲座。公司党(干)校向全体中层以上领导干部赠送了《怎样创建学习型组织》《共同愿景》《把信送给加西亚》《细节决定成败》等书籍,并开展了互动式的专项述学活动。进而,公司党委开展了创建学习型党组织活动,建立了三级培训网,对党的书记进行了专题培训。

与学习型文化相呼应,罗阳还要求创建"敢为人先、鼓励探索、团队协同、甘于奉献"的创新型文化，并制定下发了《一航沈飞员工手册》。《手册》涵盖了公司未来发展的基本思想、员工基本行为约束及员工的激励办法，还特别包含了创新奖励制度、特殊贡献人员奖励办法共 15 项内容。

要说到制度文化，就不得不提公司党委一直坚持的职代会制度：一是凡是公司做出与企业员工切身利益有关的重大改革决策时，都需经职代会通过才能实施；二是加大厂务公开力度，深入推进公司、生产厂、班组三个层面的厂务公开；三是加强对《集体合同》的监督检查，维护员工的合法权益，及时协商解决存在的问题；四是关注员工思想，关心员工生活，努力为员工办好事、办实事，增强企业凝聚力。

当然，有了行为文化、制度文化，还要开展相应的文化活动作为载体。罗阳对此的要求很具体，就是必须与型号攻坚紧密结合，使先进的文化在生产经营的最前沿闪耀。就这样，"攻关键旗帜工程""创精品诚信工程""争最佳质量工程"三个子工程带动了全公司生产立功竞赛新格局；"型号成功我成才""争三高、创四最"等竞赛活动使公司400 多个基层党组织和 5800 多名党员焕发出冲天干劲儿，仅2003~2004 年短短的两年时间里，就累计完成先锋工程 568 项，解决关键性难题 1102 个，党群义务献工 34607 小时，献工创造价值 1122 万元。

以文化力提升学习力，以文化力激发创造力，以文化力推动生产力，以文化力凝聚向心力，于是，这种文化突围就像一条绵延不断的河流，从徐舜寿、黄志千、叶正大等第一代航空人九死不悔航空报国的精神源头走来，又汇聚了现代企业文化的新鲜活水，浩浩荡荡，滋润着每一个沈飞人的心田。

于是，在沈飞这个大院里，到处开始展示出健康文化的勃勃生机。公司各部门举办了各种贴近职工所想的群众性活动，如公司举办了以"和谐、超越、健康、快乐"为主题的职工运动会；党委宣传部组织了"迎奥运、创佳绩、辉煌沈飞"主题征文暨摄影大赛；公司工会主办了"拥抱蓝天，唱响红歌"职工歌咏比赛、"劳动者之歌"诗歌大赛；公司团委则开展了百名优秀青年共建"青年林"的五四青年月活动……同时，下边各厂活动也如火如荼。比方六厂举办"安全、家庭与我"摄影展，在生产现场的墙上，每张照片下还配有温馨的寄语："上有老，下有小，安全生产少不了——老爸寄语"；"只有你安全，家庭才温馨；你给我安全，我给你幸福——妻子寄语"；"爸爸平安回家，女儿想你——女儿寄语"……文化激发精神，文化凝聚人心，沈飞的这潭水，被罗阳搅活了。

在罗阳的带领下，沈飞先后荣获了"中国企业文化建设实践创新奖"、"中国企业文化建设二十年建设实践奖"、"全国企业文化先进单位奖"、"全国创建学习型组织、争做知识型员工示范单位"、"全国学习型组织标兵单位"、"全国五一劳动奖状"、"全国文明单位"、"全国'创争'活动示范单位"等多项国家级荣誉。

五业并举

纵观世界航空发展史，不难发现，要想在飞速发展的航空业竞争中占据主动，以军促民、以民养军、军民相辅相成一直是持续发展的必由之路。作为一个大国，没有自己的军工体系不行。钱再多，也买不来保卫国家的高端科技。而一味发展军事工业，忽略民用工业的发展，前苏联垮台的历史教训说明，此路不通！

经历过中国航空业兴衰起伏的罗阳自然记得，在军工陷入低谷的那段艰难时期，是发展辅业生产自救，以辅业滋养主业，才使他们生存了下来。现在主业兴旺了，不能好了伤疤忘了疼，而应该按市场规律办事，积极促进辅业的健康发展。即在确保公司主导产品更新换代的同时，清理非航产品的发展思路，完善资本运营的运行机制，完成军机、民机、通航、非航、零部件五大业务板块的战略布局，推动公司实现由任务型企业向市场型企业转变，为公司军、民机及非航产品能够早日融入世界航空产业链和区域发展经济圈、实现公司又好又快持续健康发展打下坚实的基础。

作为沈飞的掌舵人，在公司发展的关键时期，罗阳果断地抓住了这个历史机遇，五业并举，主动出击，除研制军机外，又打响了民机研制、通航研制、零部件制造、非航工业这"四大战役"。

罗阳敏锐地意识到，随着人们生活水平的提高，许多人从陆上开越野，到海上玩游艇，再到天上开飞机，做飞行梦的人越来越多，对速度的要求越来越快。而通用航空就可以满足人们的这种需求，因为它除小飞机以外，还有飞艇、滑翔机、直升机等，可谓五花八门、用途广泛。据民航局统计，中国2010年底，已经有1600人取得了私人飞机驾照，有1010架私人飞机。到2012年，中国需要各类通用航空飞机1万到1.2

万架，从制造、销售到维修、培训，上下游产业规模可达万亿元之巨。于是，罗阳首先瞄准了被他称为"小飞机、大项目"的通航产业，把这个项目视为沈飞公司走向自我造血良性循环的"突破口"。2007年11月28日，罗阳上任总经理不久，便在人民大会堂代表沈飞公司与塞斯纳公司签署了 LI62 轻型运动飞机转包生产合同，使沈飞民用航空进入了一个新的发展阶段。

有人对此不以为然，认为 LI62 不过是微不足道的"小项目"。但用罗阳的话来说，没有小，哪有大？小的都干不好，谁敢把大的交给咱？况且 LI62 飞机"麻雀虽小、五脏俱全"，从材料采购、零件制造到装配、调试、喷漆、试飞、交付，需要全套的生产线。要是能在沈飞实现高速率生产，就能说明我们技术上有能力，管理上有方法。在罗阳的眼里，LI62 项目既是"试金石"，也是"敲门砖"，只要把 LI62 项目做好了，就有合作其他飞机项目的机会。

为此，罗阳时刻关注 LI62 项目，把它作为沈飞由民机部件转包向整机交付突破的标志性项目，给予了特殊的关注。他不仅数次视察生产线，对生产线的建设提出了严格的要求，甚至路上相遇，他也会匆匆地问上一句：现在 LI62 生产怎么样了？当他听到令人满意的消息时，就会给予鼓励，"很好，继续努力！"反之，也会给予压力，"抓紧，再盯紧点"。

在罗阳的关心督促下，项目团队精心组织，合力攻坚，于2008年1月15日，首批零件（10架份）投产。2009年3月，完成首架飞机机身对合，工程定义已基本成熟的零组件已启动第二批批量生产的工作。就这样，经过中美双方艰苦的并行工作，由公司研制生产的中国第一架L162轻型运动飞机于2009年9月17日成功实现了首飞，9月29日正式交付客户。这无疑是沈飞在国家合作生产中，继支线飞机、干线飞机转包之后，在通航制造领域迈出的历史性一步。

为此，在2011年职代会召开期间，罗阳破天荒地把关于通航产品部的小组讨论放在第一位，时间为30分钟。这令通航人感到非常惊讶，毕竟通航还十分弱小。尽管工作人员一再提醒讨论已经超时，但罗阳始终认真地听取意见并记录，并没有打断同志们的发言，更没有显示出丝毫的不耐烦。最后，罗阳说，沈飞的通航靠不了别人，只能靠自己。沈飞把通航产业作为核心战略产业发展规划不会变，希望大家认真按照目标分解计划，保证发展规划和计划的落实。多么宏伟的蓝图也必须得以实现才有价值，这就要求我们每位领导和员工要以高度的责任意识和使命感去面对自己的工作，敢想、还要敢干，更要敢拼！

2011年上半年，通航公司终于克服了一个又一个困难，建设完成了拉动式生产线，LI62飞机生产终于达到了一天一架的能力，带动企业步入整机合作领域，并在国内首次取得了L162通用飞机销售与售后服务许可认证，打开了国内市场。

2011年下半年，罗阳的战略设想终于得到回报。塞斯纳公司基于沈飞公司所交付的产品质量、数量和技术、管理能力，于8月25日与沈飞公司签署了合作备忘录，除了LI62飞机外，还要开展12个项目的合作，其中包括多个罗阳所说的"大飞机"项目。2011年12月10日，西子公司向沈飞交付LI62飞机部装第301架仪式在沈阳举行，这标志着公司将LI62飞机部件转包。沈飞在通航产业发展上又迈出了坚实的一步……

继而，罗阳又用抓小飞机项目的精神，扎扎实实抓了民机项目。2008年7月15日，沈飞公司与加拿大庞巴迪飞机公司就合作生产的C系列飞机机身项目合同签字仪式在英国范堡罗国际航展上举行。这个项目的签订，标志着沈飞进一步推进国际联合，加快民机研发步伐，扩大民机生产规模的战略取得了阶段性的成果，对融入世界航空产业具有重要意义。

沈飞 2005 年开始就对这个项目进行跟踪，并多次进行了详细的论证。无疑，民用航空的意义不仅仅是一架飞机需要 300 万到 500 万个零部件，需要数千家配套工业商；其产业不仅仅覆盖机械、电子、材料、冶金、化工等几乎所有的工业部门；其涉及的产业链，更是至上而下包括能源资源、生产加工、制造集成、信息技术、贸易物流，直至金融资本的整个"产业流域"。社会发展到今天，民用航空产业已成为最典型的知识密集、技术密集和资本密集的高技术、高附加值、高风险的战略性产业，是一个国家科技实力、工业基础和综合国力的体现。一个国家如果没有自己的民用航空工业，就不算是航空强国。所以说，这是一个大国激烈博弈的战场。

罗阳凭借胆识和实力，硬是在民用航空领域占据了一席之地。2012 年 3 月，C 系列设计基本型产品的设计工作完成。而除了庞巴迪公司外，沈飞已同波音、空客等十几个国家的著名航空公司开展了民机转包生产项目的合作，且通过民机转包生产的多年历练，实现了零部件生产向大部件生产，再到尝试国际风险合作新模式的跨越。

罗阳还与辽宁省、沈阳市政府合作，在沈北新区启动通航产业园区建设，在浑南规划航空基地，扩大了企业规模，促进了项目的战略落地，让企业受益的同时，也使地方百姓受益。

2012年初，罗阳发现航空标准件供应已经由过去的买方市场逐渐向卖方市场转变，航空标准件的外购供应，已经成为制约航空产业发展的主要因素之一。针对这样的市场形势转变，罗阳敏锐地意识到了可能出现的危机，果断决定加强内部标准件供应能力。

为此，罗阳找到负责标准件供应的14厂，深入地了解当前厂内标准产品结构、供应能力、技术能力和设备设施等情况。该厂是公司内部标准供应单位，随着航空技术不断发展，也一直探索新型航空标准件的制造方法，并在最近几年的研究中不断突破，已经掌握了一批新型标准件的制作技术。但是因为受到设备陈旧、人员不足等因素的制约，不能形成批量生产。了解到这些情况后，罗阳立即要求14厂针对标准件未来发展制定一份详细计划，并将加强内部标准件供应能力提上了公司经理办公会的议案。经过多次谈论，最后确定了为14厂增加技改的重要决定，壮大了公司内部标准件供应能力，对于即将到来的标准件卖方市场做好了充足的准备。

罗阳的这一举措收效如何？ 2013年一季度，沈飞实现成品站位配套率96.9%；实现军机零件生产完成率99.3%；民机科研生产进展满足了客户的需求，波音、空客和庞巴迪 Q400 等批产项目按时交付客户；民机零件生产完成 2616 项，实现完成率 98.8%——这就是零部件生产单位的回答。

除此之外，罗阳也没有放弃那些与飞机没有关系的辅业。比方 2004 年 12 月 28 日，作为"主辅分离、辅业改制"后的首家股份制企业，沈飞建设置业有限公司挂牌成立。改制之初，置业公司百废待兴，无论是企业规模、员工结构，还是可用资金、设备能力，在建筑行业都不占优势。在公司总经理李长久向罗阳汇报时，罗阳提醒他要扬长避短，不要在大城市与房地产"大鳄"们"掰手腕"，而是绕过大城市，到县级城市开拓市场。事实证明，这种"让开大路，占领两厢"的战略，不仅有效地规避了沈飞置业自身的弱点，而且使自己集设计、监理、施工多元化于一体的综合性公司的长处得到了充分发挥。

如今沈飞置业公司已经由改制时的二百多人壮大发展到四百多人，而且新增加的一半员工 80% 是哈工大、大连理工毕业的大学生，有的还是研究生学历。其中国家注册一级建造师、造价师、监理工程师就有近 70 人。如今公司已经拥有了以房地产开发、建筑安装、建设监理、设计为核心的完整产业链，累计开发商业住宅 30 万平方米，百余项施工工程，累计实现销售收入 13 亿余元。

当然，值得一提的还有 2009 年 3 月，沈飞主动出击，在沈阳张士出口工业区建成中航工业沈飞通路地板（张士）标准工厂。这个标准工厂的建成，使沈飞牌抗静电全钢通路地板的年产能力翻了一番，达到 100 万片以上，并完成航空机加 38 万小时，航空钣金 60 万小时。烟草机械制造厂 2009 年实现销售收入 5400 万元，再创历史新高。地板厂、烟机厂在主营产品保持持续增长的基础上，分别承担了军、民机中小钣金制造和零部件机械加工，优化了产品结构，实现了收入的增长。轻型汽车厂进行产品转型，接产航空装配，扭转了无主营业务、无主导产品，停工停产的局面……

在罗阳的积极推进下，沈飞探索走出了一条"军民结合"、"内外结合"的发展之路，形成了在仓储物流、烟草机械、机电产品、铝业工程和环保、电子信息等产业领域多元发展的格局，在沈飞历史上，第一次出现了生机勃勃的"五业并举"的大好局面：军机、民机、通航、非航、零部件五大战略业务协调发展，并通过推进资本化运作，补齐短板，加大与地方合资合作，切实推进航空产业园区建设，确保项目做实，着力打造一流航空企业。

历史又一次地证明了一个朴素的真理：实干兴邦，空谈误国。

2012年10月31日，歼–31"鹘鹰"战斗机在万众瞩目中实现首飞，沈飞公司终于在世人的瞩目下，扔掉了靠模仿俄罗斯苏霍尔战机而生存的帽子。正当人们期盼歼–31"鹘鹰"早日服役之时，出现了三条新闻。第一条，因为歼–31"鹘鹰"战斗机国家并没有立项，换而言之，这是沈飞和中国航空工业的项目，所有的市场风险将由沈飞和中航承担。第二条，正是由于沈飞的五业兴旺，沈飞第一次具备了相当的资金和研发实力，除"鹘鹰"外，歼–15高级教练机也是企业自筹资金研制的。而第三个新闻就是，歼–31中标中国四代舰载机！

从2007年算起，罗阳领航的这5年，沈飞研制了超过过去50年总和的新机型。从陆基到舰载，从三代机到四代机，托举了中国歼击机研制生产的半壁江山。与此同时，沈飞的民用飞机生产业务也同样红火……沈飞人第一次找到了一条康庄大道——那就是他们从"瘦身减辅"，到实现了主业与辅业的相辅相成、互相支持，最终迎来了八面来风的新跨越、新气象！

第五章

头雁高飞

11 月 21 日，天，还是阴郁的，风，还是刺骨的。

等待，还是等待。

此时此刻，罗阳最关切的还是歼 –15 的航电水平。

综合航空电子系统是现代化战斗机的灵魂与核心，没有高性能的航电系统，就不可能有高效能作战的战斗机。在歼 –15的研制过程中，面对着外国关键技术的封锁，面对着数百项技术需要突破，最大的拦路虎就是综合航电系统。

歼 –15 要装备怎样的航电系统呢？尽管它是我国的第一代舰载机，但罗阳在攻坚动员大会上就斩钉截铁地表示：外国人能干成的事，我们中国人也能干成，而且要干得更好！他与总设计师孙聪的眼光已瞄准了世界最先进水平，自然，苏-33、美国"超级大黄蜂"都是参照水准。换句话说，他们的联合式航电系统起码能抗衡国外三代及三代半作战飞机的威胁。为此，他们解决了火控系统的问题，包括：火力打击，发射单元的目标搜索、识别、锁定，射击和发射诸元数据处理，射击和发射指令，发射后目标数据修正，目标被击毁情况数据等子系统。与此同时，这种航电联合化，也压缩了航空电子系统的体积和重量，减轻了飞行员的工作负担，提高了系统的可靠性，降低了全寿命周期费用。

是的，歼-15的航电水平足可以匹敌"超级大黄蜂"，且在海基岸拥有无数次模拟起降的成功经验，但是，这并不意味着罗阳可以高枕无忧，因为舰载机起降的难度和航电系统研制难度，还有许多客观因素无法预测。

先介绍一下舰载机着舰的程序吧。首先要进入等待航线。这是一个直径为5~8海里的逆时针圆形航线，不同的飞机等待高度不同，最低的等待高度在800米左右。舰载机每次经过航母上空时，都要与着舰指挥官联系，以便获得着舰许可。考虑到有些飞机燃料不足，在高空还可能会安排空中加油。在接到着舰命令后，舰载机在距离航母 12 公里左右的地方，脱离等待航线，高度下降到 500 米左右，在航母后方 7 公里处进入着舰航线。此时，舰载机要关闭武器系统，确认飞机的重量符合航母着舰的标准，然后打开减速板、放下拦阻钩及起落架等，在航母左侧再次转弯，到达着舰中心延长线的后方，进入光学助降系统的工作范围，这时才开始下滑降落。

在这个过程中，起码还有三大困难需要克服：

其一，起降空间狭小。在茫茫大海之中，即使是"尼米兹"号这样 10 万吨级别的巨无霸，也好似一片轻飘飘的孤叶。加之大海中缺乏明显地标，飞行员目视确定起降位置比较困难。航母上还矗立着舰岛、武器及天线等设备，作战或训练时，甲板上往往布满飞机，这些都会极大地压缩起降空间，给飞行员起降造成很大的视觉影响。另外，航母平台的甲板距离短，舰载机只有具备极快的加速度，才能顺利完成起降动作，这对舰载机的性能及飞行员的能力素质要求非常高。

而"菲涅耳"透镜，更增加了着舰技术的难度和危险。这是一组呈十字架状的灯光组，在飞机着舰时，这套灯光组会释放出黄、红、橙三种不同色彩光的下滑坡面，并以这三种光来界定高低位置。黄色光显示高的下滑坡面，红色光显示低的下滑坡面，而橙色光显示正确的下滑坡面。飞行员应该根据光所标定的位置，在橙色光区域内下滑，就可以正确安全地着舰。但是，飞行员如果飞得太高或太低，就只能看到黄色光或红色光，而看不到橙色光。

其二，起降平台不稳。航母与陆地机场的重大区别之一，就是航母始终处于不断运动之中，再加上海浪的推波助澜，航母舰体的起伏和摇晃十分剧烈，给舰载机的起降带来了很大困难。也就是说，飞机在降落时，飞行员不但要调整好飞机姿态，还必须准确掌握航母姿态。

而舰载机能否稳定操控，准确对正跑道降落，是任务成败的关键。这也叫"对中"，即舰载机在着舰过程中，一定要对准甲板跑道的正中轴线，否则就可能撞上甲板的其他建筑，或停放在跑道旁的其他飞机。航母的飞行甲板均设计在靠左舷一侧，与航母轴线形成一个向外的夹角。在舰载机下滑接近舰尾的过程中，由于航母不断地向前行进，造成待降的甲板跑道随着航母运动不断向右前方平移。所以，飞行员在初次对中成功后，还要在下滑过程中，根据跑道的平移情况，不断向右修正航向，始终对准跑道中线，直到舰载机安全降落在甲板上。

此外，舰载机着舰需要拦阻钩钩住阻拦索，如果飞行员不能准确把握航母随着海浪上下起伏的节奏，在航母上浮时确定着舰位置，而当航母下降时着舰，很可能造成拦阻钩钩不住阻拦索，使舰载机降落失败。

其三，协同保障复杂。为了保证舰载机正确返航和着舰，现代航母都配备有战术空中导航系统、空中交通管制系统和着舰引导系统。这是一场接力导航：当距离航母300公里时，归航舰载机由战术空中导航系统指挥引导；距离100公里时，由空管雷达接手；距离10公里时，自动着舰系统开始引导；距离3公里时，进入舰上光学助降系统工作区域，最后据此着舰。

而航母平台起降是对航母起降系统、指挥系统、舰载机系统等各大系统整体配合的考验，这个大系统中的通信、协同及保障等相当复杂，牵一发而动全身。历史上，在航母作战和训练中，由于协同保障问题造成舰载机起降失败的事故屡见不鲜。用美国海军的说法，飞行员在航母上降落时的紧张程度甚至要超过空战的时候。统计数据显示：从1949年美国海军开始大规模部署飞机，到1988年，美国海军和海军陆战队损失了近1.2万架飞机和8000多名飞行员。

每一个细节都不允许有差错！这考验着团队的每一个人，更考验着团队的领导者。毕竟，头雁高飞，才能雁阵相随。

最不讲究"身份"的人

罗阳在工作上追求完美，近乎苛刻，可在生活上的要求却异常简单，衣食住行，无不越简化越好。

在职工们眼里，罗阳常年就是戴着一副白框眼睛、穿着一身工作服——海蓝色夹克——的形象，似乎从来没见过他换别的行头。有一次会见外宾，需要穿西装，罗阳没有，就赶紧买回一件三百来块钱的休闲夹克，这在当时已经是罗阳最贵的一件衣服了。直至一次省里召开人大会，明确要求着正装，罗阳才不得不委托秘书上街买了一套1390元的西服。开完会后，这套西服便被他挂在办公室里，偶尔会见外宾时穿一下。他牺牲后，同志们想为他换上一套体面的衣服，便在他的行李箱中翻找。没有西服领带，只有那一件海蓝色夹克——他原本就是计划穿着这件最普通、最本色的工装出席庆功宴会的啊！同志们面面相觑，再次号啕大哭。于是，大家一起动手，把他最喜爱的海蓝色穿在他身上。

再看他手腕上的那块黑色的卡西欧运动表，不知戴了多少年了，表带边缘已经磨损，露出白线边儿。他自己用黑色碳素笔把白线边儿涂黑，还摇晃着手腕自赞道："这样也挺好的！"后来这条布表带儿被磨断了，他就换了一条皮表带。皮表带也磨破了，身边的人实在看不下去了，就让他换一块手表，可没想到过几天，他却换上了不知道从哪里淘来的更廉价的钢制表带儿。一次他到上海开会，餐桌临座的一位女士看到罗阳的手表太陈旧了，便断言这肯定是块具有收藏价值的老表。可当她像考察文物似的仔细观察后，不禁大失所望，半开玩笑地说："这块表和您沈飞老总的身份很不匹配呦！"罗阳笑道："手表就是看个钟点呗，在时间概念上，几十块钱和几十万块钱没有什么区别吧。"

至于吃，罗阳的要求就更简单了，只要方便实惠，顶饿就行。在单位他吃食堂，加班晚了就吃食堂的剩饭，虽然沈飞宾馆离办公楼仅几步之遥，他也从不搞特殊化到宾馆吃饭。到外地出差就更不用说了，路边的一碗面条、两个凉菜，他都吃得津津有味。怕工作人员有压力，每逢吃完后，他总像打排球胜利了似地扬起头，用手掠掠额前的头发，微笑着重复几遍：

"吃得很好，很好吃。"有一次大家和他开玩笑说："罗总，这样的地方不符合领导身份吧？"他哈哈一笑说："我是什么身份？我是食客嘛！你们是不是想说，领导就不要亲自吃了，让我们代替你吃吧？！"大家都开怀大笑起来。

2007年11月，罗阳由党委书记换位担任沈飞公司董事长、总经理。按照惯例，他的办公地点要调换至相应的办公室。但他对身边工作人员说："不要动了，我在这里办公挺好，换办公室没有意义，还会带来新的费用。"自此，公司这个惯例被他打破了。

在公司办公不讲排场，到外地出差，罗阳也基本全在办事处住宿，一来方便工作，二来节省经费。一次罗阳到珠海参加航展，主办方事先给他和秘书分别预定了房间，可是入住时，他看到房间很豪华，想到房费一定价格不菲，便毅然退掉了，晚上就和秘书挤在一个房间里。他常对部下说："花钱容易挣钱难啊！咱们要常想想那些挑灯夜战的科技人员，想想车间里加班加点收入并不高的工人们，咱们就知道应该勤俭节约了。"

罗阳真的勤俭节约"到家"了。作为大型军工企业的老总，他家的住房还是1998年在601所时分的福利房，楼道里没有电梯，室内还保持当年刚住进时的简易装修，墙皮多处卷曲脱落，老式家具早已褪色变暗，客厅顶棚挂着的一组吊灯，8 个灯泡有 3 个不亮了。更令人难以置信的是，客厅一侧的卫生间居然还装着老式的蹲便器。他家唯一重新装修过的就是窗户，因为冬天窗户透风，他自己从商店买了密封胶条把窗户缝糊上了，没给单位和同事添一点儿麻烦。

2003 年沈飞最后福利分房时，主管后勤的领导考虑到他调到沈飞工作后，上班约需一个小时，路远不便，于是让他的秘书劝劝他，说这是最后一次福利分房，别拒绝了。可秘书还是遭到了第三次拒绝。在此之前，组织上曾两次提出要改善他的住房，都被他拒绝了，理由只有一个，"我在所里已经有房子了，够住就行，还是给更需要的同志吧"。

"咱们不要新房，能不能把这个房子重新装修一下？"妻子曾向他提议。"可以，可以。"罗阳满口答应。秘书也多次建议他重装房子，一来自己住着敞亮舒服，二来家里经常来客人，也应该讲究一些。他还是那句："可以，可以。"有一位客人到罗阳家做客后，曾用探寻的口吻问他秘书："罗总在别处还有房子吧？"把秘书问得满脸通红。第二天，秘书几乎带着哀求的口吻催促他把房子装修一下，他呵呵一笑说："这房子就像人的衣服，自个儿穿着舒服就行呗！"按理说，以罗阳的收入，花几万元装修一下房子，改善一下生活条件，也是人之常情。但是，他的精力和时间几乎全部投在了工作上，而对房子的装修，就在"可以、可以"声中依然如故。

最"识"人间烟火的人

古语说："公生明，廉生威。"罗阳在生活中不讲排场不摆架子，但在同事们的眼中，却有着因发自内心的认同而产生的绝对权威。无疑，作为国有军工航空技术企业的一把手，罗阳位高权重，在人、财、物上都拥有相当大的支配权，然而，他的权威，恰恰建立在"不支配"上。

一位搞组织工作的领导掷地有声地告诉笔者，他取得现在的职位没有找过一个人，没有送过一分钱！在沈飞，只要尽职尽责、工作有业绩，就能够得到提升。这是沈飞中、高层干部的共同心声。是的，在沈飞，领导干部的选拔没有任何幕后故事，有的只是制度、流程；有的只是公平、公正；有的是干部升职后做出了让大家信服的成绩。员工们笑称沈飞是"社会主义大院"，这个评价是民心的最高褒奖。

　　而一位曾在干部管理部门负责的同志，对罗阳在干部任用中的公正科学一直记忆犹新。他说，早在 2006 年，时任党委书记的罗阳就找到他，要求领导干部处建立全公司的后备干部队伍人才库，建立"大后备"概念，在全公司层面对后备干部进行培养与选拔。今后凡是新提拔的领导干部，必须是后备干部，否则不能提拔。同时指示要做好后备干部产生确认的民主与集中的流程设计工作，确保把那些思想政治素质好、工作有业绩、发展有潜力的领导和工人中的年轻人，纳入后备干部队伍，避免个别单位出现"矮子里边拔大个"及干部任用"现上车现裹脚"的现象。这样，在罗阳的主导下，从 2006 年开始，沈飞公司建立了 360 余人的初级后备干部队伍、100 余人的处级及党政责任人后备干部队伍，40 余人的副总师级后备干部队伍，并每年进行动态调整。也是从 2006 年开始，沈飞公司连续四年在 32 岁以下的青年员工中，进行了 100 多人次的招聘，开创了公平、公正选拔年轻领导干部的良好局面。

　　罗阳的秘书对他在选人用人上的严格更是深有体会。徐英志，2003 年至 2007 年担任罗阳的秘书，他就感慨地回忆道："2007 年 8 月，我要离开罗总去新的工作岗位了，临走前去看看罗总。他只用 5 分钟的时间，就把我打发走了。

他说：'小徐，送你两句话，首先立身要正，这是做好一切工作的前提和根本，身正自然生威；其次要有责任心，将工作看成是自己的事，意正自然成事。'现在想来，这也是他自身为人、做事的准则和写照。据说在提拔中层干部时，罗总曾经在班子会上说过：'不要因为当过我的秘书，就搞特殊，如果同样条件，别提拔我的秘书。'罗总就是这样对自己和身边的人非常严格的人。"

的确，这些年企业每年都有国家巨额投资的项目，每年都有自己的基建工程，罗阳不仅不直接管理，也从不插手，更没有介绍过任何人私下参与。而他的家人、亲属、朋友、工作人员，也从不敢在违反原则的事情上向他开口。远的不说，就说他在某军区后勤处当副处长的小舅子吧，有人想通过他这个"桥梁"找罗阳办事，他小舅子知道姐夫的为人，一律谢绝，甚至自己的亲儿子毕业了，想到沈飞工作，他都没敢去惊动罗阳。他知道找也是白找，何必给姐夫添麻烦呢？

罗阳不但要求自己清清白白，要求干部也得干干净净。他对身边工作人员严格管理，并提出了三方面的要求：一是钱财方面要公私分明、财物清楚；二是不能做越权的事，不能打着领导的名义办个人的事；三是要加强个人修养，不能影响公司形象。

但是罗阳也不是不食人间烟火、不懂礼尚往来。办公室的同事确实看到他接纳过朋友们送的香烟、清茶。可是，这些东西常常变成办公室搞文字的同志私下享受的"贡品"。"这是我好朋友送给我的烟和茶，实在不好不收。我不抽烟，也很少喝茶，你们搞文字工作的很辛苦，需要这个，你们用吧。"当时加班整理材料的同志们感动得不知说什么好，后来背地里送给罗阳一句话："罗总是最识人间烟火的人！"

最粗心又最细心的人

罗阳对生活的要求是那样的低，低得几乎忘了自己；而对工作的要求又是那样的高，高得要去拼尽全力。因此，为了操持沈飞这个大家，他的小家常常被他粗心忽略了，而"大家"却得到了他最细心的照料。

罗靓是罗阳唯一的女儿，自然是他的掌上明珠。这些年，他肩上的担子越来越重，工作越来越忙，父女之间聚少离多。女儿高考时，他不能像别的父亲那样陪女儿到考场；女儿到上海理工大学去读书了，他也没有时间去送她；甚至罗阳出差到了上海，也顾不上去看女儿一眼。罗阳何尝不想看看心爱的女儿呢？他的妻子王希利告诉笔者，无论罗阳出差走到哪里，打电话时先问问女儿的近况，几乎成了雷打不动的习惯。女儿在上海念大学快两年了，别的家长都去看过孩子，只有罗阳夫妇例外。眼看女儿假期又要结束了，王希利不得不擅自做主："这学期，妈妈爸爸会去看你。"没想到这句话被孩子记在心上，回校碰到同学就提父母要来，又是自豪，又是期待。罗阳听说后非常心疼，终于挤出一个周末和妻子去看了孩子一趟。

他的妻子王希利，自从选择与罗阳比翼齐飞后，这位生于中医世家的辽宁中医学院副院长，除了努力工作外，还得包揽所有的家务。罗阳对妻子充满了感激和歉疚，一次去国外考察，觉得酒店的枕头很舒服，便想起王希利颈椎不好，于是到超市去看看有没有这样的枕头。可他何曾关注过妻子垫多高的枕头呢？于是索性高、中、低三种高度各买了一个，一路背了回来。

罗阳是公认的孝子。特别是父亲去世后，母亲就成了他最大的牵挂。只要不出差，他晚上下班不超过 9 点，再苦再累都会去看看母亲，陪老人家说说话，多则半个小时，少则十几分钟。每次罗阳走的时候，他妈妈就站在阳台的窗口，望着楼下的儿子；而罗阳就在楼下抬起头，一手扶着车门，一手跟妈妈挥别。这个经典动作，干休所的老邻居们都知道。有一次，等在客厅的秘书看时间过了很久罗阳还没出来，屋里也没有了说话的声音，就纳闷地起身往卧室看——原来罗阳斜靠在母亲床上的被子上睡着了，还拉着母亲的手。老妈妈则坐在床边，静静地看着儿子，不忍叫醒他。好一会儿，罗阳猛然醒来，不好意思地笑一笑，又匆匆告别。

罗阳留给家人的时间实在太少了，他心里时刻装着的，都是公司里的人和事。罗阳是从基层一步步上来的，每每做出决策，都要站在老百姓的角度去思考问题；每每遇到困难，他都最先关心职工的生活。一提到罗阳的关心，他的帮扶对象、临时工康桂茹就忍不住眼泪直流。

她告诉笔者说，她的爱人刘兴延是沈飞表面处理厂的一名普通职工，1995 年因患精神分裂症常年住院治疗，至今已经 18 年了，经医疗鉴定属于精神类残疾，残疾等级为二级。她的儿子患先天性智障，生活勉强自理，属于智力残疾，残疾等级为四级。刘兴延是家中的顶梁柱，他丧失了劳动能力后，一家人全靠他的劳保工资、政府每月 460 元低保救助金、工会 300 元困难补助金维持生活，日子过得非常艰难。然而，病魔无情人有情，自打罗阳 2002 年任书记开始，就主动将她家作为他的帮扶对象，每年春节都带人去慰问，送来慰问金和米面油等生活用品。2005 年，罗阳还亲自协调有关部门，将康桂茹录用为公司临时工，安排到表面处理厂做保洁员，每月有近千元收入，解决了她家的基本经济来源。为了进一步改善她家的困难，经表面处理厂工会的提议，由公司工会出面协调，每逢春夏季节，又将她的儿子安排到公司厂容绿化队做绿化保洁清扫工。2012 龙年的春节前，罗阳又像以往那样，在大年三十冒着零下二十多摄氏度的严寒，再一次来到了康桂茹家。这已经是他第十次去慰问这个困难家庭了。那天，罗阳送来了米、面、油和慰问金，询问刘兴延的病情，当看到康桂茹和儿子穿得单薄时，立即嘱咐同来的工会同志给他们送两件棉大衣。当天下午，集团工会的同志就把棉大衣送到了。

工会主席王恩富作为职工方的首席代表，他告诉笔者：在沈飞公司第六期《集体合同》签订之前，他曾多次与罗阳就写入合同的"职工劳动报酬"、"工作时间"、"休息休假"、"劳动安全与卫生"、"保险与福利"、"女职工特殊保护"、"职业技能培训"等多项职工特别关心的条款进行商议，深切地感受到罗阳对如何让企业改革发展成果更大程度地惠及广大职工特别关注，强调对困难职工的帮扶救助工作应该加大力度，向弱势群体倾斜，明确从 2011 年起，公司行政和工会在 2010 年的基础上，各增加 50% 帮扶救助基金投入。这意味着由企业和工会共同注入的帮扶救助基金由原来的每年总额 300 万（公司每年原注入 200 万元，工会每年原注入 100 万元）增加到 450 万。这项措施出台后，许多困难职工得到了及时的救助。截至 2012 底，上述关于职工切身利益的条款全部落实，公司已经构成了一个完整的职工福利体系。

罗阳常说，老百姓日常生活中的柴米油盐、衣食住行、安危冷暖等琐事，对社会整体而言都不为"大"，但具体到每一个人身上就是大事。任何一件解决不好，任何一个环节出现差错，群众的工作、生活就会受到影响。小事关乎大局，一件件小事积累起来就是社会的大问题，处理不好就可能影响到社会的稳定。这又叫他如何能不细心照拂、考虑周全呢？

身为头雁的罗阳，他飞得有多高已无需笔者赘言，就让我们来看看他的自画像吧：2012 年 12 月 9 日，罗阳的妻子王希利在清理他的遗物时，发现了他对自己提的要求——要多为他人着想；要善于观察他人的长处；要善于听取他人的观点；

不把自己的观点强加于人；不以批评的口气和他人说话；不自以为了不起，看不起别人；不显示自己，不争名利；不在背后说他人的短处；不参加不必要的争论；争论问题时不进行人身攻击，揭人短；不可有虚荣心、嫉妒心和报复心；要守信用；不贬低他人来抬高自己；尽可能地少发牢骚，更不要讽刺挖苦他人来发泄自己的不满情绪……

"亮剑"和吃年饭

在和平年代，太平盛世，最难做到的是居安思危，最可怕的是享乐之习，最需要警惕的是腐败之风。沈飞大院不是封闭的真空、不是世外桃源，社会上的不良风气无孔不入，在军工厂也有反映。为了确保沈飞这艘大船不偏离航线，罗阳果断"亮剑"，在众多矛盾中抓主要矛盾——领导班子的作风问题。

2010年，罗阳首先在领导班子成员中，出人意料地围绕"责任"展开了一场整风，提出建立"三谁"责任机制——业务谁主管，质量谁主抓，责任谁承担——把责任作为领导干部的"首要意识"来抓。

　　用罗阳的话来说，各自责则天清地宁，各相责则天翻地覆。当历史把沈飞的接力棒传到我们手中时，就要讲责任心，也要讲责任制；有履责要求，也要有责任追究。落实责任制，一在履责，二在问责，问责要贯穿到履责的全过程。事前问责是提醒，事中问责是督促，事后问责是诫勉。对认真负责的，要给予奖励和表彰；失职渎职的，要予以追究和惩罚。只有把责任心和责任制统一起来，把履责和问责结合起来，才能确立一种良性的责任导向，增强责任心、培育责任感、提高责任意识。

　　在针对领导干部的思想意识、工作作风、组织纪律开展的"三项整治"活动中，罗阳带头诚恳地推功揽过，班子成员也多次自查整改、开门征求群众意见。为了把"三项整治"工作推向深入，2010年12月2日罗阳又点燃了"第二把火"，在《今日沈飞》报纸上，公开发表了题为《恪尽职守，不负重托》的署名文章，要求各单位结合实际，以长远发展的眼光，认真组织学习。文章认为：经过前一阶段的整顿、自查和反思，公司干部队伍责任建设发生了很大的变化，但部分领导干部责任意识缺失的现象仍然不同程度存在，主要表现为以下六大类型：

一是"得过且过型"责任缺失。个别干部在工作中不负责任，抓工作不尽力、不用心、不上手，只求过得去，不求过得硬，漫不经心，被动应付，敷衍了事；有的只重形式，不求实效，习惯以会议落实会议，工作有计划无目标，有部署无检查，有要求无指导，虎头蛇尾，有始无终，做表面文章；有的工作放松原则，降低标准，把关不严，得过且过，只要不出事，宁可少干事，甚至不干事，奉行多一事不如少一事的处世哲学；有的学风不正，知识更新跟不上形势需要，业务能力不适应任务要求，干工作缺少思路，抓落实缺少招数，解决问题不讲方法，履职能力低下；有的不求质量，不讲效率，工作粗放，办事拖拉，坐等上级分配任务，不推不动。

二是"精神萎靡型"责任意识缺失。个别干部缺乏进取精神，思想上固步自封、停滞不前，行动上不思进取，不求有功，但求无过，缺乏强烈的危机意识和发展意识；有的精神不振，士气不高，工作不在状态，甚至有奢靡之风；有的抓工作墨守成规，小进即满，凭经验办事，跟着感觉走，缺乏敢为人先、率先突破、开拓创新意识。

三是"明哲保身型"责任缺失。个别干部怕担风险，怕负责任，关键时刻缺少"顶上去"、"担起来"的决断和勇气；有的遇到问题怕追究责任，总是把镜子对准别人，强调客观理由，不从自身工作反思，遇到困难往外推，面对矛盾绕着走，推诿扯皮，逃避责任；有的管理松懈，无所作为，工作中不敢管、不愿管，顾及情面，避重就轻，无原则地"一团和气"；有的在大是大非面前，不敢讲真话、讲实话，对不正之风不顶不碰，作壁上观，奉行事不关己、高高挂起的处世哲学。

四是"名利作祟型"责任意识缺失。个别干部全局意识缺位，一事当前，计较个人得失，急功近利，揽功诿过，弄虚作假，欺上瞒下，掩盖矛盾和问题，报喜不报忧；个别人为一己私利和个人恩怨，不通过正常渠道反映情况，背后散布谣言，采取过激手段，不顾保密规定，在网上发布不负责任的言论，影响公司形象。

五是"本位主义型"责任缺失。个别干部全局意识缺位，对国家大政方针缺乏全面了解，对公司形势任务缺乏深刻认识，以本单位、本系统、本部门的事情为重，缺乏主动配合、主动理解、主动支持的协作精神；工作我行我素，随心所欲，贯彻上级要求打折扣、当耳旁风，听过了事，自搞一套。

六是"权责失衡型"责任意识缺失。个别干部高高在上，脱离实际，不靠前指挥，不深入现场，满足于当"太平官"；对工作中出现的新情况新问题，缺少调研分析，不查不问，漠然处之，行若无事；对职工群众关心的热点问题，知之甚少，漠不关心；有的不能正确认识权力和义务的关系，做事主观随意，胆大妄为，偏安一隅，独断专行；执行公司规章制度，不认真、不坚决、不得力，既不严格约束自己，也不严格要求下级，组织原则和纪律观念淡薄。

文章最后说，上述这些表现，有一些是个别现象，有一些是普遍存在的、带有倾向性的，必须引以为戒和坚决摒弃。透过这些表象，可以看出一些领导作风不扎实，有腐败的苗头；这些苗头发展下去，就会导致腐败！要求一是把践行责任理念与履行集团使命结合起来；二是把践行责任理念与倡导科学管理结合起来；三是把践行责任理念与加强干部队伍建设结合起来；四是把践行责任理念与健全体制机制结合起来；五是坚持把践行责任理念与重塑文化魂魄结合起来，使责任成为共识、习惯、风气，乃至一种自我实现，以"恪尽职守，不负重托"的文化自觉，更好地肩负起"航空报国，强军富民"的神圣使命。

2011 年 1 月 9 日，历时一个多月的干部队伍作风建设总结验收工作全部完成，此次验收工作与创建四好领导班子考核同步进行。考核小组通过听取工作报告、进行群众参与的民主测评、开展个别谈话、查阅资料和现场考察等方式，集中地重点考核了十大情况：领导自查整改报告落实情况；管理"四化"工作开展情况；职工合理化建议和职工代表提案反馈落实情况；学习计划制定、实施和专题培训情况；月份及全年科研生产经营任务完成情况；6S 管理和班组建设情况；质量、安全和保密专项工作计划制定及实施情况；工作例会、工作报告和领导值班制度执行情况；劳动纪律制定执行情况和人才队伍建设情况等内容。此次总结验收工作共有 5437 人次参与了民主测评，取得 2281 组协作单位评价数据，录取基础数据 35000 条，现场检查相关资料和工作记录近 2000 份。考评小组通过各阶段的检查，对"三项整治"阶段性工作进行了通报，从检查结果看，各级领导的责任意识、工作作风和组织纪律有了明显的好转。

2011 年 3 月 9 日，罗阳趁热打铁，又在《今日沈飞》报纸上发表了《严慎细实、真抓实干》的署名文章，吹响了领导作风建设第三声冲锋号。

　　严，就是严谨的工作态度，就是严格履行职责，就是严格管理，就是严明纪律，就是严格考核奖惩。慎，就是谦虚谨慎，就是审慎严谨，就是慎始慎终，就是慎重慎行，就是慎独。细，就是精细管理，就是注重细节，就是周密细心，就是精打细算，就是细致入微。实，就是诚实守信，就是实事求是，就是落实责任，就是创新求实。

　　真抓实干，就是一心一意的抓，实实在在地干。就是亲自抓，亲自干，就是身先士卒地抓，率先垂范地干；就是全力以赴地抓，雷厉风行地干。严慎细实、真抓实干就是要在实际工作中出细活、出精品、精工细作、一以贯之。

　　罗阳不但对领导作风建设提出了明确的要求，还认真地教方法。他说，培养严慎细实、真抓实干，一是要从领导干部自身抓起、从队伍建设抓起；二是要从身边事、身边人抓起；三是要从管理的严格化、精细化、规范化、标准化抓起；四是从质量、安全、保密、6S 等基础工作抓起；五是从确保完成任务抓起；六是从贯彻落实上级要求抓起。

这样，罗阳步步深入，并将全公司各职能部门动员起来，在领导层实打实地进行整风。比方，在党校会议室举行 2012 年第一期领导干部廉政谈话，暨《岗位任职期间党风廉政建设责任书》签字仪式。公司工会主席，纪委书记王恩福结合公司生产实际和反腐倡廉的形势，对 14 名 2011 年下半年任副处级以上领导干部进行集体廉政谈话。在谈到如何使用手中的权力时，他说，权力不是权和利的简单结合，权力代表责任，代表广大员工的信任和领导的认可。在每一次使用手中的人权、财权、决策权时，要时刻牢记"清醒、民主、谨慎"的原则。他要求与会领导珍惜自己的付出，在平淡中享受生活的乐趣，把纪委当作从政路上的益友。大会向新任职的领导干部下发了《岗位任职期间党风廉政建设责任书》《礼品、纪念品登记表》《领导干部廉政谈话登记表》，共同观看了中航工业内部廉政警示教育电教片《人生的拐点》。

为了使整风落到实处，罗阳还亲自制定了《领导班子考勤制度》《节假日值班制度》《会议手机管理制度》，建立《经理办公会议制度》《党政联席会议制度》和《重大财务和经济事项报告办法》，将权力纳入制度建设的轨道，从而构建了具有沈飞公司特色的规范、约束、监督三位一体的权力运行机制。

罗阳说过，一个失败的团队中，不会有成功的个人。在对沈飞领导班子的建设中，罗阳不仅有严格的管理，更有温暖的体贴。

每年春节前的一两天，罗阳忙完了年前许多纷繁的工作，总要召集各位领导、各位厂长携夫人坐在一起，提前吃一顿年饭，并已经形成了惯例。说是吃年饭，实际上，这更像一场别开生面的民主生活会，是公司构建和谐领导团队，加强领导班子建设，增强向心力和凝聚力的特殊文化。

"会议"的第一项议程，是罗阳亲自向各位领导夫人们简要汇报公司一年来取得的成绩，以及公司领导班子的工作情况，但更重要的是，罗阳每次都会充满感激地对这些幕后英雄们说，"作为班长，我首先要感谢班子成员夫人、厂长夫人们对沈飞领导与厂长们的理解与支持，感谢你们对公司任务完成所做的特殊的、无可替代的贡献！"说完向夫人们深深地鞠一躬，并询问她们家中是否有特殊困难需要解决。

随后是由每位领导班子成员发表新年感言，即向大家——包括领导和夫人——汇报自己一年的工作情况。而每年汇报时，都有些领导说着说着便控制不住地哭了。比方，一次出了安全事故，负责安全的领导愧疚地哭了；一次质量出了问题，罗阳替负责质量的领导承担了责任，那位领导感动地哭了；还有一位进班子较晚的副经理，以前从没承受过这么大的压力，但他终于排除万难完成了任务，终于在此时此刻获得了释放的渠道，激动地哭了……

而每位领导汇报完，罗阳都要逐一对其工作进行真挚的点评，给予鼓励，提出希望，并一定要把每人一年中干得出彩的地方讲给对方家属听。有的同志连连感谢，有的同志热泪盈眶，而夫人们的委屈和埋怨，此刻也都化为了理解和感动。在这温馨和谐的氛围中，大家互敬互让、同心共勉，总结了这一年奋斗的所得所失，也积攒了来年奋斗的决心和勇气。

沈飞党委副书记徐晓明曾感慨道：在罗阳的带领下，每位干部都有了敬畏之心。一是敬畏历史，使自己的工作能经得起历史的检验；二是敬畏百姓，让自己做的事情对得起养育我们的人民；三是敬畏人生，将来回首往事的时候不会感到后悔。

中航工业董事长林左鸣，这位航空工业的统帅，亲笔对罗阳的工作做了概括："他潜心研究国企特征，探索思想经营企业模式，在深研集团公司思想与战略的基础上，创造性地提出了'恪尽职守，不负重托'的责任理念、'严谨细实、真抓实干'的工作作风，感召和培养了一支能打硬仗、善打硬仗的队伍，夯实了企业发展的根基。他大力推进实施'严格化、精细化、规范化、标准化'的管理，用管理创新提升企业文化，加强团队建设，完善责任机制，梳理管理流程，极大提升了效率和效益。为中航工业的改革发展做出了突出贡献！"

第六章

管理创新

11 月 22 日，记者突然上舰，预示着要进行公开报道。

下午 2 点半左右，罗阳正走在狭窄的通道里，准备上航母机库，突然迎面走来一位扛着摄像机的人。

他扶了扶眼镜，主动侧身让行，微笑着说："以前试飞都不公开，这次看来要报道呵！"那位正在寻找采访对象的军事记者自然不会放过送上门的"猎物"，马上"进入状态"地问："师傅，您是哪个部门的？"罗阳说："我是航空部门的，搞飞机的。这次试验举国关注，压力大啊，可得一把成功！"

旁边一位师傅说："他是沈飞的罗总，歼-15就是他的孩子。你采访他，可算找对人了！"罗阳连连摆手："不说了，不说了，看明天。"

这是由军方飞行员执行的舰载机第一次公开起降训练，军方、航空界高层都亲临现场，而作为沈飞公司的代表上舰工作的，仅罗阳一人。也就是说，作为研制现场总指挥，作为"孩子"的"父亲"，他必须对结果负责。罗阳在辽宁舰上承担着两项重要使命：一是研究处理飞机保障问题，二是分析对比飞机的各项运行数据，为批量生产提供技术参照。现在新闻媒体也来了，这意味着他们立下了只许成功不许失败的军令状。

紧张？兴奋？期待？担心？相信每个身处其中的人都五味杂陈。为了这一天的到来，相关准备其实早已紧锣密鼓地启动了。就在 2006 年的金秋沈飞接受研制舰载机的任务时，首批歼-15 舰载机飞行员的选拔已经开始了。其选拔条件之苛刻堪比航天员，某些条件甚至更严苛——海军会同空军、工业部门、科研院所及医疗系统的专家，在海、空军歼击机飞行员中进行严格的层层筛选后，最后还必须通过以下四道关：

第一道是技术关。这批 35 岁以下的飞行员，要求至少飞过 5 个机种，飞行时间超过 1000 小时，其中 3 代战机飞行时间超过 500 小时，并多次参加过军兵种联演联训、重大演习任务，是所在部队的种子飞行员和重点培养对象。第二道是身体关。任何细微的身体数据指标不合格，再优秀的飞行员都不得不与驾驶舰载机失之交臂。第三道是心理关。医学专家设置不同情境，通过精密仪器，判断飞行员是否具备"泰山崩于前而不瞬"的心理素质。第四道是政治关。驾驶舰载机充满风险，必须要把能成为舰载机飞行员视为最高的荣誉。

这样，"海空雄鹰团"首先进入选拔舰载机试飞员工作组的视线。这支英雄的部队曾在抗美援朝和国土防空作战中击落、击伤敌机 31 架，创造了同温层作战、双机对头着陆等世界空战史上"八个第一"的辉煌历史，涌现出王昆、舒积成、高翔、王鸿喜等一大批战斗英雄和"王牌"飞行员。而其中一名年纪轻轻便叱咤风云的"空中骄子"——戴明盟，则是众望所归的首批舰载机飞行员人选。

1996 年 8 月 7 日，他和师副参谋长康仕俊驾驶一架歼 -6 战机进行训练飞行时，飞机突然发生故障起火，为避免伤及地面群众和重要设施，他们操纵着随时都可能爆炸的飞机，一直坚持到飞机离地面只有 500 米时才跳伞。所幸戴明盟没有受伤。据说有人在经历过这种险情之后，会在心理上产生阴影，不愿再从事飞行职业，甚至一听到飞机的轰鸣声就会两腿发抖。而戴明盟非但没有因为遭遇险情而胆怯，反而在后来的飞行中变得更成熟更稳健了。鉴于此，海军领导力主把戴明盟调来……

试飞员是世界一流的，他们的歼-15也必须是世界一流！为了把一架性能卓越又安全可靠的舰载机交到试飞员的手上，罗阳来到沈飞后，就开始抓管理创新，为歼-15的成功研制创造一切必要的条件。

是的，要创新就会有风险。可是，如果谁都不想创新，谁都不愿承担风险，那么，何来零的突破？！

"精益六西格玛"

现在看来，当初罗阳之所以敢于接过研制歼-15的指挥棒，敢于保证在短短一年多的时间里完成这项神圣的使命，可以说，他的底气有相当一部分来自于"精益六西格玛"。何谓"精益六西格玛"？它与歼-15的成功研制有什么关系？

这还得从20世纪末沈飞公司与美国波音合作生产民机零部件时说起。当时为了缩短周期，公司进行了"精益项目"改进。

罗阳万万没有想到，这一次偶尔的改进，竟改出了神奇的效果：波音 737 散组件月产量增加了 67%，交付日期缩短了 43%，产品一次交检合格率由 64% 一下子提高到 100%。这一次可贵的尝试与探索，使当年的党委书记罗阳像发现了"新大陆"，对"精益六西格玛"进行了认真系统的学习和研究。

"精益生产"起源于日本，属于 20 世纪 70 年代早期的丰田生产方式，可美国研究机构对之进行研究分析后，提炼出了这种生产方式的精髓——"精益生产"。精益生产认为，任何生产过程都存在着各种各样的浪费，必须把顾客视为上帝，从顾客的角度出发，应用价值流的分析方法，分析并且去除一切不增加价值的流程。精益思想包括一系列支持方法与技术，包括利用看板拉动的准时生产、全面生产维护、6S 管理法、防错法、快速换模、生产线约束理论、价值分析理论等。无疑，东方文化强调群体合作、社会的认同，注重以人为本，充分调动人的积极性。

而"六西格玛"起源于美国，其概念出于 1986 年摩托罗拉公司，属于品质管理范畴，是一种全新的管理企业方式。其管理原则是最大限度地降低成本，节约资源，减少风险，提高客户满意度，给股东创造利益，给社会创造价值；其含义是客户驱动下的持续改进；其管理方法体系不仅仅是统计评估法，其核心也不仅仅是追求零缺陷生产，而是一系列的管理技术和工业工程技术的集成。西方文化注重逻辑分析，强调专业化，质量管理由专业技术人员来完成，也就是专业技术人员制定技术标准、操作标准，操作人员执行标准。

尽管这两种生产文化起源不同，两种模式操作层次也不尽相同，但都蕴含着"尽善尽美"的质量目标，其本质是消除浪费和减少变异。很显然，"精益六西格玛"融为一体，不是简单的加法，而是东西方管理文化的融合，集成了两种非常重要且相互补充的综合方法论。

时任沈飞公司总经理的李方勇和党委书记罗阳经过仔细的比较和分析，决心在沈飞人心中种下"精益六西格玛"的种子。然而万事开头难，在2002年推行"精益生产"之初，一位老职工曾这样描绘：尽管领导苦口婆心地宣传精益理念，可那时连科研生产任务都完不成，哪有时间、哪有心情去做那些"表面文章"？再说，这不是自己给自己套"枷锁"么？

的确，要培育一种成熟的文化，绝不是一蹴而就的事情。一年企业靠产品，十年企业靠品牌，百年企业靠文化。要创新企业文化，得有一个精神沉淀的过程。

为此，在 2002 年初，公司决定选派精益生产办公室人员和部分素质高的精益助理进行系统学习，而后将这些人作为火种，组成一支精益兼职队伍，逐步对其他精益助理、生产单位、职能部门员工开展培训。而在此期间，罗阳不得不像个"传教士"，无论是大会小会，还是车间厂房，到处宣讲推行"精益六西格玛"的理念：磨刀不误砍柴工，通过规范现场，能培养大家好的工作习惯，习惯决定命运，养成好习惯会终身受益呀！

"精益六西格玛"生产并不简单，而是有台阶、有目标的。就像国际摔跤、柔道一样，只有不断地拾级而上，才可能在世界级的大赛中夺取"金腰带"。精益生产也须经"绿带"、"黑带"，最后才能升为最高级别的"黑带大师"。

"黑带"属于"精益六西格玛"的中坚力量。而"黑带"的候选人，必须具备大学数学和定量分析方面的知识基础，需要具有较为丰富的工作经验，同时必须完成 160 小时的理论培训，再由"黑带大师"一对一地单独进行项目训练和指导。他们经过培训后，应能够熟练地操作计算机，至少掌握一项先进的统计学软件。那些成功实施"六西格玛"管理的公司，大约只有 1% 的员工被培训为"黑带"。每家公司对"黑带"的认证，通常由外部咨询公司配合公司内部有关部门来完成。被授予"黑带"称号的人，才有资格担任项目小组负责人，领导项目小组实施流程变革，全职实施"精益六西格玛"管理，同时负责培训"绿带"。

而"黑带大师"，一般是指统计方面的管理专家中级别最高的专家，专门负责在"六西格玛"管理中提供技术指导。他们必须熟悉所有"黑带"所掌握的知识，能够深刻理解那些以统计学方法为基础的管理理论和数学计算方法，能够确保"黑带"在实施应用过程中的正确性。统计学方面的培训必须由"黑带大师"来主持。而"黑带大师"的人数更少，只有"黑带"的1/10。

"绿带"的工作则是兼职的，他们经过"黑带"培训后，将负责一些难度较小的项目小组，或成为其他项目小组的成员。"绿带"培训一般要结合"六西格玛"具体项目进行5天左右的课堂专业学习，包括项目管理、质量管理工具、质量控制工具、解决问题的方法和信息数据分析等。

为了切实推行"精益六西格玛"，沈飞公司便开始一期期地开办"绿带"培训班，培训来自公司科研生产一线的质量、技术人员和领导干部，使他们掌握流程设计、控制计划、项目关闭与移交、加速变革流程、建立团队契约等知识。

很快,沈飞公司形成了"言必称精益"的良好氛围。2005年,公司开始组织"骨干论坛"、"爱好者沙龙"等不同主题的交流活动,为"精益六西格玛"推进人员提供了一个交流平台。大家通过探讨精益推进中出现的难题,寻求不同阶段推进精益的方法,形成职能部门与生产厂相互促进、共同提高的氛围。而这时各生产厂的积极性也上来了,纷纷成立精益生产领导小组,并结合自身的特点制定了精益生产计划,确定了精益生产试点单元,部分生产厂针对关键项目、关键工序或者关键设备组建了精益生产团队,并在可视化管理、价值流分析、工艺流程优化、物料配送、零件快速装卡、设备自主维护、全面质量管理、防止错误、团队建设等方面,进行了有益的探索和实践。

但是,心急吃不了热豆腐。在实施"精益六西格玛"的过程中,仍不时吹来一些冷嘲热讽:军工企业这些年逐年加码,忙得脚打后脑勺,还搞什么"精益六西格玛"?非让扭秧歌的人去跳什么华尔兹,纯属领导站着说话不腰疼!

然而,罗阳清醒地认识到,精益管理涉及公司战略、运营、生产制造、采购、财务,以及人力资源、质量、投资管理等各系统,贯穿了价值创造的全过程,只有运用精益理念做指导,才能实现高效、节约、可持续发展。所以说,它已经不仅仅是一种生产方式，而是一种管理思想，一种精益求精的工作态度。职工越是有情绪，越说明需要先进的管理。

为此，罗阳曾给职工反复讲这样一个故事：有个技艺超群的钟表匠，经他手做的钟表分毫不差，他也因此闻名全城。可是好景不长，他由于受人诬陷而被捕入狱。狱里的管理人员知道他是一个制表高手，就安排他在狱中制作钟表。可是，无论他怎样努力，怎样精心，都达不到原来的水平了。道理很简单——他处于被胁迫的环境中，无法积极主动地发挥创造性，肯定做不好工作。

除了用生动易懂的故事循循善诱，公司还设法通过不断的肯定和奖励，把精益管理的成果固定下来。首先要求公司各级领导干部率先垂范，副总师级领导、生产厂厂长、职能科室一把手和专职书记都必须亲力亲为，每人每年按规定至少带头做一个精益改进项目。然后把改进的成果让员工共享，激发员工的兴趣和动力，最后再使之变成盛大的节日。

2007年9月，东北最美好的时节，首届"精益六西格玛文化节"开幕！如果说，当初把"精益"和"六西格玛"结合，是创造性地把东西方管理理念融为一体，实现了1+1>2，那么把管理理念上升为企业文化，最后打造成节日文化，这无疑蕴含了丰富的创造力与创新。

这一年里，党委书记做精益项目活动取得了丰硕成果，共有 44 名直属单位党委书记和党务干部选立精益项目 49 项，使公司党建工作全面融合到科研生产管理之中，解决了科研生产经营管理中存在的一些问题。比方 6 厂书记董群波做的"提高钢模铝合金铸件合格率"项目，使该铸件合格率由原来的 46% 提高到 66%；33 厂书记白若庸做的"提高高频钎焊导管的一次合格率"项目，直接节省材料、培训等各种费用 14 万元。此外，副总师级领导干部立项 24 个，生产厂厂长、职能部门一把手立项 71 个，群众性的改进项目更如雨后春笋，基层员工完成改进创新 12322 项。首届沈飞"精益六西格玛文化节"完美收官，此后便作为沈飞人一年一度展示分享精益成果的节日延续下来。

古人云，欲流之远者，必先掘其源，欲木之长者，必先固其本。继而，他们把日本的以整洁、规范、有序、安全、持续改进为目标的 6S 管理，纳入精益活动之中，编制出台了《6S 管理规定》《6S 管理实施规定》《6S 管理考核规定》等管理标准；把中国海尔管理理念"日事日毕、日毕日清、日清日高"拿来，融入精益活动之中，使公司管理再上新台阶。之后，他们又把实现战略控制力的有效工具——世界 500 强均使用的综合平衡计分卡拿来，作为一种综合评价企业业绩的绩效评价体系，弥补了传统的财务评价方法的缺陷，从而使企业高层管理者能快速全面的考察企业的工作业绩。

时间到了 2010 年底，"精益六西格玛"已经培训了 15000 人，普及率达到 50% 以上。公司由主管部门组织，先后编辑了三册《精益六西格玛案例集》提供给基层单位参考借鉴。

2011 年初，罗阳在公司六届二次职工代表大会报告中，又把沈飞一系列的管理措施创造性地概括为管理"四化"——即管理严格化、管理精细化、管理规范化和管理标准化。如果说，质量管理是人间最大的学问之一，那么，管理创新就是以新思维、新发明和新描述为特征的一种概念化过程，就是为管理科学插上翅膀。

百舸争流千帆竞，十载拼搏杵成针。截至 2011 年底，公司和集团总部联合开办了四期"精益六西格玛绿带培训班"。公司持证的"绿带"、"黑带"和精益工程师将超过 180 名，基本建立起公司自己的专业队伍，为全员精益之路打下了良好的基础。

2011 年 10 月 23 日，公司顺利通过国家以及安全生产标准化复评审核。并先后荣获中航工业 2010、2011 年管理创新成果二等奖一项，三等奖两项，顺利通过集团公司"精益六西格玛"现场达标评测。两项成果荣获辽宁省 2010 年管理创新成果一等奖，五项成果荣获沈阳市管理创新一等奖，并荣获 2010 年沈阳市管理创新成果优秀组织单位。

当创造成为节日

2012 年 9 月 10 日，沈飞第六届"精益六西格玛文化节"隆重举行。现场共展出 99 项"精益六西格玛"改进成果案例，这是公司一年来 14000 余项改进成果的优秀代表。各单位共安排 103 项管理创新交流与改进活动，异彩纷呈。

在职工成果推介会上，"中国头号铣工状元"王刚与李晓亮、杨磊"上台打擂"，分别围绕"航空结构建开口端头内形面铣削加工法"、"速控专用工快速更换定位装置"、"开口式高频感应导管钎焊钎角专用打磨器"等几方面内容进行"比武"，并把成果展示和推介。

最为精彩的是，来自公司 35 个基层直属分会的职工，就像电视台播放的"娱乐大冲关"节目那样，饶有兴致地参加了精益大冲关团体赛。各参赛队在"精益对对碰"、"攻坚大接力"、"安全大乐透"、"环境大赢家"、"祝福大放送"五个环节中，创新思维、团队协作、各显神通、冲关夺隘。最后，领导将印有"精益生产尽善尽美"、"安全生产和谐发展"、"6S 管理晋级成功"、"经营管理全面报捷"的 4 组共 16 个大红灯笼高高挂起，并根据比赛成绩和综合评定，对获得精益创新奖、现场创优奖、安全争先奖和质量改进奖的代表队进行表彰。

此外，文化节还进行了管理创新成果表彰及优秀管理课题交流，其中名家讲坛邀请了深圳培训师联合会理事、姚鸣商学院特聘讲师张青讲述企业基业常青，六西格玛"黑带"、"绿带"和精益工程师一百多人参加了此次精益专题活动。

专题活动又分为"华山论剑"和"与时俱进"两个环节。在"华山论剑"环节中，14 厂的李娟、34 厂的杜敏等"绿带"、"黑带"分别以《降低 LI62 飞机舱门装配的阶差与间隙不合格率》《缩短紧固件产品的生产周期》《从做事到做人，从定型再到转型——浅谈黑带获益》为题，进行了案例交流，"比试论剑"。

而在"与时俱进"环节中，人力资源部的张剑锋、制造工程部的代玉良、质保部的李辉、零件生产部的李艳则分别以《结合公司人才梯队建设，谈谈持带人员管理》《提高某产品原材料消耗工艺定额的准确率》《精益六西格玛管理方式在精品工程中的研究与实践》《以信息化和可视化为精益生产服务》为题，同与会人员进行研讨，进而升级……

不同部门、不同工段、不同班组、不同岗位都诞生了自己的"精益精英"，下面就让笔者介绍几位在平凡的岗位上做出不平凡贡献的精益英雄吧。

技术装备中心拼装单元的工人刘迪，已然成为享受精益之乐的"精益王子"。先说他对拼装单元技术定型卡进行的精益改进吧。拼装单元内有各类机型工艺定型卡片6000余项，按过去的老办法是由技术人员按记卡位置进行查询，但项目太多，查起来非常麻烦不便，且影响科研生产的进行。针对这个问题，刘迪将所有工艺定型卡进行重新排序，按其包次位置设定包次号，将定型卡片上的产品图号、工序号、加工内容等关键信息输入电脑，并标明卡片的详细地址。这样，当每项产品需要组装时，使用电脑的快速查询功能，可立即搜索出该卡片的详细地址，省时省力。再说他在组合夹具生产过程中发现的问题。组合夹具由于结构特殊，必须设计制造专用件以满足产品加工需要，如特殊尺寸的定位销、等分钻模板等。以往，这些专用件按使用单位混合存放，工人使用时需要到该单位专用件存放盒内查找。由于很多专用件在制造时就未打标识，且部分专用件结构类似，只是尺寸不同，往往导致查找错误，甚至延误工期。为此，刘迪对组合夹具专用件进行了规范化的登记管理，消除了上述问题。此外，刘迪还与改进小组经过多次分析研究，对组合夹具清洗机机舱内渗油槽保护装置进行了专项改进，提高了清洗机的工作效能。像这样在生产中不断地发现问题、解决问题所带来的成就感、满足感，又怎会让刘迪不如同过节般快乐呢？！

而6厂铸造模具工段的工段长康跃春，则带领他的团队精益并快乐着。他们持续开展了露天料场现场改进、器材储物间现场改进，以及线切割工作间现场改进等多项精益活动，使整个模具工段焕发了勃勃生机。按均衡生产的思路，他还带领职工针对铸件浇冒口加工经常出现延误问题进行了精益改进——根据不同零件的形状特点，将部分原来铣切加工的浇冒口，改为车削加工、刨床加工、钳工手锯等加工方式，这样就大大减少了铣工工作量。继而，根据龙门铣床加工能力高于普通铣床的实际情况，设计了多套专用装夹工具，将大型铸件的冒口加工任务，由原来的普通铣床加工改为龙门铣床加工，这样既提高了功效，又消除了普通铣床的安全隐患。

另外，为了改变铸造用滑脱沙箱加工效率低、互换性差的问题，他又组织模具工段工作经验丰富的员工编制了《砂型铸造用滑脱沙箱制造标准工作法》。该工作法通过三个自制装夹工具的应用，把比较复杂的滑脱沙箱加工及装配过程简化，保证了滑脱沙箱的互换性，提高了生产功效和产品质量，也为6厂标准工作法的编制和推广起到了很好的示范作用。同时，为了减少模具工段重点设备龙门铣床的故障率，他还组织相关人员开展了为期8天的龙门铣床AMW活动，共发现问题28项并全部解决，提升了龙门铣床的工作效率。无疑，通过精益活动，这个团队的精神更加饱满，战斗力也更强了。

还有张建宏，技术装备中心安保员兼精益助理，中航工业精益六西格玛响当当的"黑带"。他自2005年从事精益活动以来，分别从6S管理、设备维护、生产管理、作业标准化、六西格玛项目等多方面实践和研究，获得了丰富的管理实践经验，并对技术装备车间的6S管理网络进行了梳理，组成中心的6S管理领导小组和单元的6S管理推进小组，先后编写了技装中心《6S 管理考核规定》《6S 管理工作规定》和《6S 管理实施细则》等制度性文件，进一步规范了 6S 管理体系的工作与考核，使得技装中心的 6S 管理水平大幅提高。

他还多次组织维护团队，针对数控加工设备、关键设备开展了自主维修活动，总计 20 余台次，解决各类问题 150 余个。同时，他还持续进行生产流程的改善，先后组织并参与了对刀量具生产流程、工艺方法和价值流动等相关内容的研究并进行重新布局，使刀具、量具类产品生产分别形成了三条明晰的生产线路，刀具产品生产周转距离缩短 500 米，降低了 70% 的库存量。此项目作为经典案例，被公司收入到《精益六西格玛案例集》中。与此同时，张建宏还组织线管人员，积极开展作业标准化工作，先后针对高频焊接、三坐标测量机、影像测量仪、刀具数控模削加工和十字槽阳模制造等加工进行标准化工作的研究，并分别编印了标准作业书，有效地规范了操作方法。

由于各厂精益活动的蓬勃开展，每家生产工厂、每个生产现场，每个工段、每个班组、每台机器、每个工具，都被精益员工纳入视线，进行不断的改进。就这样，在罗阳锲而不舍的精心培育下，"精益六西格玛"就像一条"母亲河"，经过漫漫 10 年的流淌，浇灌了沈飞的每个角落，更汇集了沈飞人从中生发的正能量，变成了浩浩荡荡拥有改天换地力量的大江。
直等到研制歼 –15 的任务下达，罗阳一声令下，"开闸放水"，
那蓄势待发的江水就会按照预定的轨道，变成能源、变成动力，
浩浩荡荡又井然有序地奔流向前，去灌溉、去发电、去创造、
去克难攻坚……

"刀剪胶圈"的背后

除了"精益六西格玛"，罗阳为沈飞人津津乐道的还有
一个"刀剪胶圈"的故事。

2009 年 3 月 19 日，空军驻公司军代表在 7 厂对某型机舱
门作动筒进行分解检查时，发现所装胶圈在其分模面处，由于
修溢胶飞边造成下凹或未修边现象，在库房对未装机胶圈检
查过程中，发现 3 件胶圈不合格，其中一件胶圈严重损伤，另
两件胶圈有表面损伤。为此，公司质保部、生产部立即组织
收回零件厂、总装厂等 9 个单位的库存胶圈，复查未装机胶圈
9314 包，共计 50116 件，合格率为 85%。不合格胶圈存在表
面杂质、表面光度差、修边损伤等 7 类缺陷，涵盖了胶圈制品

可能出现的所有质量缺陷。

7厂停产整顿。这引发了"多米诺骨牌效应"，导致12厂、13厂、17厂、22厂、33厂、34厂、37厂胶圈装配工作不能进行，各种型号的飞机组合件160余项、几千件零件需要分解，更换胶圈，同时还要进行大量的重复试验，给公司造成较大损失，教训深刻。

为此，自3月份胶圈出现质量事故以来，7厂开展了胶圈质量防错系列活动。精益助理对每个工段的精益人员、调度室计划员、检验室技术员、工艺人员等共计36人进行了两次防错知识培训；制定了针对操作人员、工装、设备、工艺文件等多方面的防错方案；对胶圈存在的抽边、错缝、缺肉、杂质、修边不齐等问题进行了分别的改进。大家以为事情到此就可以画句号了，可罗阳却继续"小题大做"，要求召开现场质量大会，

4月17日，罗阳并没有因为10天后——4月27日至28日——中国航空工业集团公司管理创新大会在沈阳召开，会上沈飞公司将荣获"中航工业管理创新实践奖"，而撤销在7厂召开销毁不合格胶圈现场会的决定。罗阳在现场会上强调，这次举行销毁不合格胶圈仪式，是为了表达公司对抓好产品质量工作毫不含糊、一抓到底的决心和信心。造成这一质量问题的

原因是多方面的，既有操作问题，也有管理问题。问题发生在
7厂，但其他单位也许还存在类似的问题。因此要在公司上下
掀起产品质量第一的思想教育活动，使广大干部员工充分认识
到航空产品质量无小事，项项连着生与死。要做到举一反三，
查找隐患，不让一件不合格品流入生产线，确保各型号飞机优
质高效交付。

于是，就在现场，领导班子成员和公司机关各部门负责人，
各厂的党政一把手，各厂分管生产、技术、质量的副厂长，职
工代表等三百多人，没有一把火烧毁线圈，而是每个人手持一
把剪刀，一剪一剪地剪碎了剩余的一万多个老胶圈！

很显然，对于罗阳这位质量管控的完美主义者来说，这
绝不是心血来潮，也不是大脑发热，而是对个别领导干部和职
工对于质量工作"说起来重要、干起来次要、忙起来不要"，
从而导致实际操作与文件规定"两张皮"的现象所进行的敲打。
而罗阳作为沈飞的第一法人代表，也不是做做样子，而是真正
承担起了质量第一责任人的重担。

一次，某型号飞机发生泄油事故，罗阳认为，问题的发
生暴露出公司现场管理不到位，属于人为因素导致的严重的质
量问题。为此，罗阳毫不客气地先拿自己"祭刀"，主动承担

责任，接受了中航工业集团公司给他的"警告处分"，自我扣罚 10000 元。此外，罗阳还在集团公司和沈飞全体干部大会上做了公开的检讨，认真反思了自己工作中的过失。

其实，罗阳完全没有必要这么苛责自己，即便是在世界上最发达的国家，新型号机在研制上出现问题都是难免的。而沈飞不仅一直是军工企业质量管理的标杆，而且在管理上步步深入，从来没有停顿过。

比方 2009 年 12 月 8 日，中国质量协会在北京召开"我国推行全面质量管理暨中国质量协会成立三十周年纪念大会"，沈飞公司就被推选为"全国推行全面质量管理 30 周年优秀企业"。在随后召开的"辽宁省质量协会成立三十周年纪念大会"上，沈飞公司又荣获"辽宁省推行全面质量管理活动 30 年先进企业"称号。2011 年，沈飞公司申报的"持续改进平台的构建与实施"和"成品供方产品绩效评价方法的研究与应用"两项成果分别获得 2011 年度质量技术奖三等奖和优秀奖。同年 2 月 15 日，公司全面风险管理试点通过中航工业现场验收检查。公司管理创新获集团表彰。这些都是罗阳抓质量体系的最好例证。

然而，罗阳抓质量管理的那根弦从来没有放松过，他深知作为大型航空军工企业，产品质量是企业的生命，是飞行员的生命，是战之能胜的关键因素。他说，研制战机，要么是0分，要么是100分，没有中间分！企业要在激烈的市场竞争中生存和发展，仅靠方向性、战略性是远远不够的，还必须要拿得出质量过硬的产品。

罗阳对质量的高度关注，让质检部的专家们印象深刻。他们曾在罗阳的办公室意外地发现了《GJB9001质量管理体系》标准和《CEO的质量经营》等书籍，特别是当罗阳和他们讨论起对GJB9001质量标准的理解时，这些专职人员都不得不感到佩服。GJB9001质量标准非常精炼抽象，对专职人员来说，也有晦涩难懂之处，而罗阳不仅能滔滔不绝地讲了自己学习质量标准的心得，还拿出两张用铅笔亲手书写的纸张，上面是他自己总结的"最高管理者的十个确保"。那一刻，质检人员震惊了，他们也更深刻地理解了罗阳的良苦用心，理解了自身的责任。

罗阳常说："要始终以如履薄冰的心态抓好质量管理；始终以珍爱生命的态度抓好安全管理；始终以国家利益的高度抓好保密管理。"按照罗阳指示，公司2011年度开展了质量目标管理体系建设，公司内部分层次建立了从公司级直至班组级的质量目标，并通过各级质量目标的实现，公司的质量管理水平、产品实物质量得到了显著提升。同时，罗阳还高度关注飞机产品售出后的质量和顾客的满意度。在 2010 年度的管理评审会上，他率先提出"关重要素"控制概念，明确要求建立"关重要素"的识别机制和控制方法，保证对影响军机产品质量的"关重要素"要 100% 合格地进入下一道工序和顾客手中。自此，公司 "关重要素"控制有效率达到 100%，顾客满意度持续上升。

插上信息化的翅膀

随着近年来航空制造业的发展，沈飞公司面临着研制任务重、研制周期紧、研制难度大、协调关系复杂、生产资源严重冲突等诸多困难和挑战。如何破解发展难题？罗阳率先在公司决策层把突破口选在加速信息化建设上。即利用信息化手段，继续完善与加强计划体系建设和综合管理，搭建以航空主业科研生产流程为管理对象的信息化平台，逐步实现计划、采购、制造、生产保障、技术支持等主要环节的集成管理。

在罗阳的积极倡导和推动下，公司开始创建"一个网站、两套系统、四大 MES、七个看板"——即一个生产网站；生产资源计划和零部件生产包交两大管理系统；机加 MES、钣金 MES、非金属 MES、热表 MES 四大 MES 建设；项目进度、项目配套、工装控制、物料管理、技术质量、设备管理、临时计划七大管理看板——以最终形成生产信息的集成、共享和可视化的零件生产管理基础平台。

功夫不负有心人。由于公司上下对信息化认识一致、行动迅速，很快取得一个个标志性成果：2010 年 4 月 18 日，生产网正式上线运行；6 月 15 日，项目进度看板正式上线运行；11 月 30 日，项目配套看板正式上线运行；2011 年 4 月 20 日，设备管理看板正式上线运行；5 月 28 日，工装管理看板正式上线运行；6 月 18 日，物料管理看板正式上线运行；7 月 20 日，生产单位 MES 系统和条码管理试运行；8 月 25 日，技术质量看板上线运行；9 月 12 日，临时计划管理看板上线运行；10 月 15 日，生产资源计划管理体系上线运行……

在这个过程中，罗阳经常到基层检查信息化建设工作，并及时提出指导意见。如 2011 年 11 月末的一天，罗阳到 18 厂检查信息化推进情况，正值 18 厂顺利实现生产 MES 系统上线运行。当时系统应用尚处在起步阶段，还存在着许多不完善的地方，出乎厂长意料的是，罗阳在检查时一句批评的话都没有，而是给予了很多的鼓励和指导。比如罗阳建议 18 厂要增加员工绩效管理模块，充分利用信息化的手段，激励员工；他在观看现场电子屏幕时，还提出了要注意这种新式的电子显示看板的保密管理；罗阳还要求陪同的部门领导帮助 18 厂解决系统使用中遇到的困难。

2012 年 11 月 8 日，罗阳来到 17 厂认真听取了厂长的相关汇报，立即对职工的首创精神、对"新生事物"——条码MES 系统在实际操作中发挥的作用给予肯定。当他听说有老工人一直都私下统计自己的工时，以防计算收入有误的现象后，高兴地说，信息化生产就是既要让管理者知道干了什么、干了多少、干到什么程度，同时也要让工人了解我们厂究竟有多少产值、自己参与了多少、应该拿多少。他说，任何一项工作的推进都会遇到困难，因为新思路会打破旧的平衡，但是我们不能因为不习惯就不了解、不使用，相反，我们要通过不断实践，去验证新方法的有效性！

在罗阳持之以恒的推动下，沈飞公司的信息化建设取得了喜人的成效，不仅释放了生产潜能，还提高了管理效率，其表现主要在五个方面：一是零部件配套月份缺件和生产线突发问题大幅度减少，航空产品公司零件均衡生产初露端倪；二是型号研制周期明显缩短，适应新机的应变能力显著增强，创造了公司零件生产三项历史之最：航空产品在线项目数量最多，且按计划完成或者提前完成零部件配套任务的历史之最，某重点项目在克服工装、材料、数模、技术更改等诸多因素困扰的前提下，从零件开工到完成零件一组配套仅仅用两个半月时间的历史之最，公司批产项目提前一季度完成零件配套任务的历史之最；三是长期制约零件生产的问题明显减少，困扰多年的瓶颈问题基本得到破解，零件质量水平明显提高；四是零件一次交检合格率稳中有升，实物质量稳定提高；五是零件生产线职工因常年加班得不到休整和关键设备排不上检修时间的局面得到明显改善。实践证明：信息化建设改变了传统的生产管理模式，助推公司的产品研制驶入了高速路。

但是，罗阳并没有陶醉，更没有满足，2012年初，他又把目光盯在世界最前沿的 EVA 管理上。什么是 EVA？简单地说，就是税后净营运利润减去投入资本的机会成本后的所得。它是从增加收入、降低成本费用、减少资本占用三个方面出发，进行细化分解，再对分解得到的每个要素进行管理。自从中航工业推进 EVA 管理以来，罗阳就一直在思考公司的 EVA 管理工作。他积极学习与研究 EVA 理论知识，参加 EVA 知识专题培训，并创造性地提出管理"四化"要突出 EVA 管理的工作设想。根据罗阳的具体指示和要求，通过近三年的管控，公司仅工具费一项就从 2 亿元降至 8000 万元，外协费一项从 8 亿元降至 3 亿元。这两项费用的降低就直接为公司节省了 6 亿多元开支，大大提升了公司效益。很显然，正是罗阳对成本费用的充分重视，才使沈飞从单纯任务型企业向任务与效益并重型企业转型，实现了企业管理的大跨越。

人才生产线

人造环境，环境育人。罗阳作为沈飞的当家人，他苦心经营企业精神、管理文化，除了为公司搭建了一个高效运转的平台，也为公司的持续发展打造了一条人才生产线。

在这条人才生产线上，既有像他一样沉稳务实又锐意进取的管理精英，也有爱岗敬业又技能精湛的高级蓝领。就让笔者把镜头对准一位在中国创造了用自己的名字命名的加工精度——"文墨精度"的年轻人吧。

初见这位名字充满书卷气的青年时，笔者顿时惊呆了：这位28岁的毛头小伙子，足有1.9米的个头，脑袋上乱蓬蓬的"自来卷"，方头大脸，虎背熊腰，站在那里仿佛一尊铁塔。只是大黑框眼镜后，那双细长的眼睛充满了灵秀与执着。2003年，他以全班第一名的成绩从技校毕业，进入沈飞当了一名钳工。寄托着长辈"舞文弄墨"期望的方文墨，却一头钻进钳工的世界，一锉一磨地开始打造自己的梦想。

在那些精益管理的难忘日子里，方文墨就像走火入魔了一般，那枯燥乏味又苦又累的钳工活，在方文墨眼里却充满了神奇。他把钳工比作武术中的剑客，为了练就精湛的"剑术"，他白天几乎把所有时间都用来"练功"，晚上回到家里，无论酷暑严寒，他都会在那个阳台改造的工作台前，弓下大块头的身躯，顶着飞溅的火星，全神贯注地盯着辗转的双手上那魔方般不断变幻的机器零件，一遍遍打磨、测量、再打磨、再测量。豆大的汗珠顺着头发滴落，衣服被汗水浸透了……常常在不知不觉中，10个小时过去了，没吃饭的他，只靠喝水补充体力。有同事不解地说："大墨，为啥？咱再怎么练不也就是当个工人吗？"面对类似的疑问，方文墨总是认真地说："我就是当工人的料，但我要当最好的工人，做中国最好的钳工！"

在方文墨眼里，钳工不仅是机械工人中的万能工，钳工岗位还是一个充满艺术灵感和生命活力的小世界。"通过打磨、加工，会赋予冰冷的零件以温度与情感，每当一个半成品零件加工完成后，我都觉得给了它第二次生命。"为了保证手掌对加工部件的敏锐触觉，他每天都用温水浸泡双手20分钟，以去掉手上的茧子；高个子的他喜欢打篮球，但怕手受伤，不得不忍痛远离篮球；有一斤酒量的他，为避免工作时手发抖，索性把酒彻底戒掉。

方文墨告诉笔者，他就是看到同事王刚、孙飞一步步从一个普通的技术工人，分别成长为全国技能大赛铣工冠军、车工冠军，自己才从羡慕到向他们靠拢的。当然，如果你有机会看到他工作，那简直是一场超级的视觉享受：高大的方文墨在机床前站定，随手拿起一个半成品零件，顺着打磨头缓缓移动，"嘶啦啦"一片金黄色碎屑溅落。他举起零件仔细端详，转身来到机器上继续打磨……十几分钟后，4个外形毫无差别的零件就整齐地码在了工作台上，而他手工加工的零件公差从0.1毫米、0.05毫米，再到0.02毫米，最后达到0.003毫米，相当于头发丝的1/25——即使是最先进的数控机床，也达不到这个程度。这就是方文墨创造的加工精度——"文墨精度"。那一年,他才 25 岁。

当好钳工光靠体力不行,需要时时动脑筋琢磨,更需要有一种不盲从、不服输、勇于创新的进取意识。比方 2006 年,公司接手了一项价值上千万元的国外订单,在生产大型客机舱门时,有一道紧固件的生产环节出现了问题。时间只有 3 个月,加工难度大,方文墨就整天琢磨着怎么改进方法。恰好一天晚上,他在电视《走近科学》栏目看到了一个有关汽车刹车片的专题片,这让他豁然开朗:或许可以生产一个装置,事先预设好摩擦系数,通过钻床旋转达到紧固的目的。他立即画图纸,第二天就到单位做零件,然后装配、调试,经过反复试验,终于获得了成功。如今,这个名为"定扭矩螺纹旋合器"的装备已取得国家发明专利,并在生产加工中得到广泛应用,使以往两个人一天半的加工装配任务,现在一个人两小时即可完成,提高生产效率 8 倍,仅人工成本每年就节约逾百万元。他改进的铁合金专用丝锥,能提高工效 4 倍,每年节约人工成本和材料费 46 万余元。

无疑,方文墨就像一颗优质的种子,在罗阳推进的精益活动的沃土中生根发芽,并最终结出了丰硕的果实。他参加工作 9 年来，相继获得钳工、装配钳工和机修钳工 3 个高级技师证书，25 岁当上高级技师，26 岁夺得全国钳工状元。他在完成本职工作的同时，还累计改进工艺方法 60 余项，改进设备 2 项，发现设计问题 26 个，提出生产窍门 24 项，总结先进操作方法和撰写技术论文 12 篇，申报技术革新项目 20 项，并取得了"多功能测量表架"等 2 项国家发明专利和 1 项实用新型技术专利。他成了沈飞历史上最年轻的高级技师，被评为沈阳市和辽宁省特等劳动模范，荣获了全国"五一"劳动奖章。2012 年被中华全国总工会选为全国劳模先进事迹报告团 11 名成员之一。

方文墨在业内声名远扬，于是猎头公司纷纷找上门来，一家南方企业甚至开出 48 万元的高薪想把他挖走。但他没有动心，说："我从一个'半成品'成长为一名合格的航空人，我的家在这里、根也在这里。"

方文墨是沈飞技术工人的一个缩影，像他这样在沈飞成长成材的年轻人还有很多。1988 年出生、2011 年毕业于长春大学飞行器动力工程系的小伙子胡珑耀告诉笔者："我在这里无亲无故，这里的环境条件适于公平竞争，在这里没有论资排辈，只要你努力，只要你行，就会给你空间。我是学发动机专业的，刚毕业就分管一摊，负责发动机安装。之后可以考技师、考工程师，蓝领、白领都可以发展，不受名额的限制。现在公司80后领导干部已达到15.9%，并陆续走上责任人岗位。2012年公司团委组织'创新创效大赛'，我获得技术类金奖，还被提名为2012年公司'十佳青年'候选人。其实，不管选不选得上，我都非常高兴，因为这里到处是希望，到处是机遇。对了，我现在已经是中级工，第三年就可以考高级工了！"

不错，罗阳为沈飞的人才发展提供了充分的空间，搭建了宽阔的舞台。他不仅开展了"每周一星""每日一星"的评选活动，还设立了总经理特别奖，无论是职工，还是领导干部，任何一个方面表现突出、或全年任务干得好，都可以获得总经理特别奖的殊荣。当然，这个奖项，罗阳自己是不拿的。是的，"每周一星""每日一星"的奖金不多，只有三五百，但是贵在及时，更贵在坚持。三年来，沈飞一直延续着这种创新的奖励方式，成千上万的优秀员工受到公司表彰，增强了沈飞人的荣誉感、归属感。每年年终，沈飞还会评选出10个"四好"班子，不但对10个单位的党政领导进行奖励，还要请他们吃饭。沈飞60周年时，厂里设立了"功勋员工"称号。当时由全厂职工投票，选出了在沈飞历史上做出突出贡献的60名老员工，同时又选出 60 名尚在岗位上立功的新员工。而在对这些功勋员工进行奖励之余，还为他们每人种了棵树，树上挂上获奖员工的名字，寓意百年基业、百年树人。这些都是罗阳提出来的。

即便是刚刚参加工作的 90 后，他们也告诉笔者，这里仿佛一个大熔炉，第一次穿上工作服，知道了什么是责任在肩；第一次实习，知道了什么是细致严谨；第一次上操作台，知道了什么是惊心动魄；第一次战术训练，知道了什么是勇敢顽强；第一次被评为"每日之星"，知道了什么是喜上眉梢；第一次春节加班，知道了什么是以厂为家；第一次长途拉练，知道了什么是坚持不懈；第一次攻克难题，就知道什么是科技报国。这里有一种力量，推着你往前走，不畏艰难；这里有一个梦想，激励你为个人奋斗，为集体争光，直至为国家奉献……

第七章

尊严之战

11月23日、24日，海试日，
歼-15首次着舰并实现多架次成功起降。

如果说航母和舰载机是大国之剑，试飞员便是大国之胆。剑胆琴心，在茫茫大海上完美合一的历史性瞬间，就定格在公元2012年11月23日。

那天清晨6点，罗阳起床后的第一件事就是迅速爬上甲板去看天气。海上风小了，雪也停了，天边露出了五彩云霞。噢——！罗阳面对太平洋高高地举起双手，挺胸抻了抻腰，兴奋地说道："是个好天气，好兆头，能飞！"

8 点 30 分，罗阳按时登上舰岛，准备在他的岗位上迎接那个"冲天一跃"和"惊鸿一落"的时刻。

此时此刻，在沿岸海军基地的机场上，全副武装的飞行员已经端坐座舱，静候起飞信号。当那位头戴帽盔、身穿黄色外套的飞行助理，经过细密的观察之后，微微下蹲屈身，左手握拳放于腰后，右臂上扬，指向前方之时，歼－15 顿时就像离弦之箭，呼啸而出，直刺长空……

如果说"冲天一跃"带给人的是兴奋，那么"惊鸿一落"就不免让人悬心吊胆了。飞机着舰是世界性的技术难题，被称为"刀尖上的舞蹈"。这个"舞蹈"场地有多大？这个"刀尖"有多小？歼－15 飞机总设计师孙聪给出答案：时速 240 公里的飞机，必须精确地落在航母甲板尾部的 4 根阻拦索之间，每根阻拦索间隔 12 米，有效着陆区只有 36 米！

阻拦索，更专业的说法为"航母阻拦系统"。它帮助飞机在有限距离内强制制动，使最大过载和过载变化率保持平稳，及时将系统恢复到初始状态。航母阻拦系统之复杂，从其构造原理可见一斑——现代航母普遍使用的是液压式阻拦系统，它由制动器械、液压缓冲系统，以及冷却系统三部分组成。制动器械又包括：产生制动力的阻拦机构、保持制动缸压力的控制阀、保证阻拦飞机后能够迅速回位的蓄压器；液压缓冲系统主要用于降低制动初始瞬间的过载，延长系统寿命；冷却系统则用来冷却舰载机在阻拦过程中，由巨大动能转换成的热能。很显然，阻拦索绝非我们眼睛看到的几根绳索那么简单——当舰载机尾钩挂上阻拦索后，阻拦索一边通过滑轮阻尼器减缓飞机速度，一边不断把动能传递到压缩空气罐，与此同时，隐藏在甲板以下的其他阻拦系统将冲击带来的巨大动能转化为液压油的热能和压缩空气的势能，使得飞机受到缓冲并实现制动。

降落阻拦可谓步步惊心，阻拦系统只是航母对舰载机着舰的一道保障，飞行员和舰载机的状况同样让人捏一把汗。

对于飞行员来说，这是一次对体能、技术、意志品质，乃至心理素质的极端考验。在飞行员穿云破雾抵近航母的过程中，需要把航母甲板当作一个移动坐标原点，而航母在涌浪的作用下行进时，甲板可能会沿着前、后、左、右、上、下六个方向进行运动，而飞行员必须根据它的波动，不断调整飞行姿态，控制飞行轨迹，保证准确进入降落航线，降落瞬间要完成收腹、收腿、绷紧肌肉等动作，否则强大的过载可能会造成脱白、晕厥，以及短时失明等损害。

同样，歼–15 舰载机也备受考验。它的载油量既不能多又不能少，因为一旦发生意外，太多的燃油就会引燃整个甲板，太少的燃油则会造成降落失败后"逃逸复飞"夭折。飞机降落速度既不能快又不能慢，因为太快容易引起过载而拉断阻拦索，太慢则会导致飞机控制力减弱，不仅不容易钩住阻拦索，而且一旦着舰失败，就很难再次拉起复飞，只剩下坠海一条路了。

当然，环境越险恶越要做到万无一失。当飞行员尾钩放不下来、阻拦索断开且舰载机必须降落等紧急情况发生时，阻拦系统中的最后一道防线——阻拦网便会投入使用。它一旦使用就会拉响警报，应急人员会在最短时间做好救援准备。使用阻拦网通常会造成人和舰载机的受损，但一般不会危及生命安全。但如果应急人员使用阻拦网的动作慢了一秒钟，后果就不堪设想了。

尽管罗阳知道驾驶歼-15首次着舰的试飞员是海军航空兵优秀飞行员戴明盟，可他更知道航母阻拦机安装平面精度高达十万分之一，其安装难度堪比神州飞船与天宫一号的"外太空之吻"。在第一套阻拦机的安装过程中，因航母舰体温差变化导致细微的形变而影响了安装精度，进而导致了安装质量迟迟不能达标。排查出问题根源后，技术专家只得选择在温度恒定、人流稀少的后半夜进行安装作业。这样经过连续一个月的彻夜奋战，才确保了重达百吨、几十米长的巨型机械精度超差控制在 0.2 毫米以内。

包括阻拦机在内的几百台套航空保障设备有 90% 是国内新研制的，有 100 多项航母航空保障技术难题被解决，填补了海军装备建造和试验的空白。如今，这套浸透了众人心血的系统迎来了它生命中的第一次"大考"。

9 时 03 分，一架歼 -15 已经飞临航母上空。罗阳仰起头，瞪大眼睛，目光紧紧追随着那时隐时现的黑色斑点。甲板上的飞行助理用手势指挥着，舰上的降落指示灯闪烁地提示着，歼 -15 在航母上空盘旋一周后，建立航线，开始准备着舰。

有人形容飞机着舰：好比在高速晃动中玩穿针引线的细活儿。在飞行员眼里，机翼下的海水颜色逐渐由黄色、变为绿色、再变为蓝色，近了，近了，1.8 公里，1 公里……监视仪表上的数据在飞速变化。

此刻，辽宁舰航空保障系统正在平稳运行，着舰引导雷达、光学助降装置、起降综合监视系统正在全力工作。一条条数据信息涌向塔台，一条条指令从 LSO 发出，引导着呼啸而至的舰载机不断调整飞行姿态。"航母就在左前方！"听到领航员传来的声音，透过左舷窗，飞行员在万顷碧波间看见了一片飘动的"树叶"。飞行高度在逐渐降低,那"树叶"慢慢变成了航空母舰的轮廓。飞行员操纵飞机平稳下滑,在400多米的高空进入着舰状态,并以240公里的时速冲向航母,而树叶大小的航母以几何级数般地迅速变大。高度正常、攻角正常、下滑角正常,航母随波逐浪地晃动着越来越近了,250米、200米……歼-15也伴随着航母的晃动,在四五级风速的干扰下不断修正姿态……机身改平,对准飞行甲板的着陆锦标旗系统,说时迟、那时快,它迅速地收油门、开襟翼、吹气、放下起落架、伸出阻拦钩……

歼-15发出震天撼地的轰鸣,撕裂了每个人身边的空气,强大的气流撞击着每个人的心肺。20秒之内,只见披着金黄色外衣的舰载机从一个黑点变成了一个庞然大物,赫然出现在众人面前,最后在距离罗阳不超过20米的地方扑向航母的怀抱。尾钩鹰爪般地牢牢钩住了第二道阻拦索,向前狂飙了30多米后,歼-15瞬间降速至零,稳稳地停在了甲板上,然后轻轻地折叠机翼,缓缓地向指定的位置靠拢……成功了!成功了!

现场顿时一片沸腾!一向沉稳的罗阳,也像个孩子似的跳了起来!这令人热血沸腾的20秒,让人们把目光都聚焦到了飞行员戴明盟身上。海军副司令员、中国航母试验试航总指挥、海军中将张永义立即从舰岛跑到飞行甲板上，和刚刚下飞机的戴明盟紧紧拥抱。两条铁骨铮铮的汉子，任泪水夺眶而出，恣意流淌。记得歼-15在海岸首次滑跃起飞成功后，张永义就兴奋地大笔一挥，豪迈地写下"冲天一跃"四个大字。冲天一跃，标志着歼-15的试飞工作进入了一个新的阶段；冲天一跃，标志着中国海军航空兵的发展迈上了一个新的台阶！

资料显示，欧美国家的舰载机在上舰阶段都曾出现过机毁人亡的事故，而中国海军的舰载机在这个阶段却是零伤亡，这既是飞行员个人努力的结果，也是指挥员科学组织指挥的结果。舰载机首次着舰的成就和意义，完全可以与航天行动相媲美。人民海军在这样短的时间内，就取得了如此骄人的成绩，怎能叫人不激动呢？张永义将军的眼泪，既是欣喜的表现，也是压力的释放。50分钟后，第二架歼-15再次成功着舰，人们的情感又经历了一番过山车般的跌宕起伏。而每次在飞机降落后，罗阳总是立即向辽宁舰上的技术部门索要歼-15试飞后的相关数据。

"只有亲身经历过的人，才能体验罗阳在航母上的巨大压力。"中航工业沈阳黎明航空发动机（集团）有限责任公司董事长孟军说，"作为歼-15的生产者，他站在舰岛上的二层甲板上观看飞机从头上飞过，仰视着绕舰飞行和低空通场的试飞项目，一边观看一边记录着舰情况，心情可以说是既激动又担心。而歼-15起飞时巨大的轰鸣声，会把人的心脏震得剧烈颤抖、难以承受，但他却坚持记录了每架次的起降，甚至不放过任何一架次飞机的触舰、复飞等动作。他的观看点离飞机最近距离不超过20米！"兴奋让罗阳忽略了身体的不适。

男儿有泪不轻弹，但沈飞党委书记谢根华告诉笔者，作为航空人，每次飞机试飞成功他们都会激动得流下泪水，罗阳也不例外。每次试飞成功后他们都要喝庆功酒，罗阳虽然酒量不大，而且不喜欢喝酒，但每次都要干一大杯。航空人对中国航空事业的热爱，此时都浓缩到这杯酒里了。

当晚17点，罗阳准时参加航空口的例会。他拿着厚厚一摞数据表，一张张近距离地认真审看，遇到关键数据就在小本上记下来。机械系统，正常！电传系统，正常！液压系统，正常！"我们的孩子没丢脸，真争气！"他高兴地对工作人员说，"明天还有三个架次，还要确保三个百分之百成功！大家要保持临战状态，决不能在飞机这个环节掉链子、拖后腿！"21点，罗阳又参加了指挥部会议，一直开会到深夜。

24 日，继续进行歼—15 的着舰试验。三次震颤人心的轰鸣，三次牵肠挂肚的期待，三次焦灼不安的守候，三次兴奋不已的欢呼……谢根华告诉罗阳，飞机起降时产生的巨大轰鸣，可以通过张大嘴巴、大声呼喊来抵消对人体的影响。罗阳是什么时候开始发病的，已经没有人能够知道。12 点 03 分，最后一个架次成功着舰，稳稳停在甲板上。人们涌上甲板，将军和列兵、专家和员工，所有的人，纷纷拥上甲板，忘情地握手、拥抱、流泪、手舞足蹈……有人问飞行员："感觉怎么样？"飞行员响亮地回答："很好。"很多人问："飞机怎么样？"飞行员竖起大拇指连声说："很好，很好！"

此时此刻，平时内敛的罗阳也控制不住地涕泪滂沱，泣不成声。成功了！成功了！当天下午，亢奋中的罗阳致电岸上的几位副手，通报喜讯，并特别嘱咐一定要办好明天的庆功宴，要喜庆、隆重、喝茅台！

这时，他想起了妻子，想起了那个永远在背后默默支持他的温暖的家。罗阳来到后甲板，平静地给妻子打去一个电话：活动结束，放心吧。"你在哪里？"妻子问。"我明天赶到大连，晚上回家。"

妻子和母亲是罗阳事业最坚定的支持者和知心人，却从来不是知情人。这么多年来，她们仅仅知道他在研制新飞机，至于什么型号、什么性能，他从来不说，她们也从来不问。该公布的，国家自然会公布，看电视新闻吧……

这是一个欢乐的下午，欢乐的不眠之夜。20点，匆匆吃罢晚饭的罗阳，抓起小本子又去转舱室了。他庆祝成功的方式，居然是拜师、讨教。他敲开试飞部门负责人的房门，开门见山地问："飞行员有什么感受？体征数据有哪些变化？"对方认真回答，他认真地记，并感慨道："我们造飞机的，一口气也不能歇呀。我现在满脑子想的，就是让舰载机尽快上舰，让我们的航母尽快形成战斗力！"

23点，在送审新闻片的会议室里，挤满了各系统"三军过后尽开颜"的老总们。大家掩饰不住内心的喜悦，交头接耳地谈论着。而主角罗阳还像以往那样静静地站在后面，双手交叉在胸前，把小本子抱在怀里。后半夜审片结束时，人们没看到罗阳，他不知什么时候悄悄地离开了。现在回想起来，那时他的身体肯定已经非常不舒服了。两位熟悉他的老总途经他的舱室，刚伸出敲门的手，又缩了回来，不忍心打扰他，这些日子，他太累了。从飞机立项到设计、制造、飞行，罗阳都参与其中，压力之大、责任之重，旁人难以想象。

笔者已无法确知罗阳在这个胜利的夜晚想了些什么，是追忆？是展望？无论如何，我们都不应该忘记，罗阳和他的战友们为了圆这个百年中国梦，忍辱负重、以命相抵的决战时刻。

不成功，便成仁

作为代表中国军事航空工业的"龙头老大"，作为沈飞的掌门人，歼-15 在辽宁舰上的成功起降，对罗阳而言，包含的意义实在太多太多了。

自美国发动海湾战争以来，国际秩序和世界战争样式已经发生了深刻变化，制海、制空能力的强弱已成为决定战争胜败的关键。中国驻南斯拉夫大使馆被炸、中美南海撞机事件、钓鱼岛和南海争端，这些挑衅和屈辱无一不与我们的制海、制空力量相关，无一不在罗阳心里刻下深深的伤疤。维护国家主权，捍卫国家尊严，是军工人责无旁贷的使命啊！

值得欣喜的是，2002 年 7 月 1 日，沈飞的好兄弟西飞（西安飞机工业集团有限公司）的"新飞豹"腾空而起，向世界宣告我们拥有了国家知识产权的重点型号机；2003 年 8 月 25 日，另一个好兄弟成飞（成都飞机工业集团有限公司）再传捷报，又一架我国自行研制，拥有自主知识产权的国家重点型号机"枭龙"首飞成功；2003 年 12 月 25 日，还是在成飞，具有里程碑意义的歼 –10 漂亮地完成了最后一个架次试飞——这就意味着该机型已经通过国家设计定型审核，正式定型！ 2007 年 1 月 5 日，中国航空工业第一集团公司在新闻发布会上，正式骄傲地向外界披露，这款具有完全自主知识产权的第三代战斗机，实现了重点型号的三大跨越——以歼 –10 系列研制成功为标志，实现了中国军机从第二代向第三代的历史性跨越；以"太行"发动机研制成功为标志，实现了中国军机发动机从第二代向第三代的跨越；以新一代空空导弹研制成功并装备部队为标志，实现了中国空空导弹从第三代向第四代的跨越。

这些中国航空工业所取得的里程碑式的重大成果，让罗阳激动不已，同时也增加了他的压力。外出开会时，时常有领导和同志出于关心问起沈飞的进展，也有个别人讽刺挖苦道："哎，罗阳，你们歼击机的摇篮是怎么摇的？摇到外婆的澎湖湾去了？你们在干什么？躺在歼 –8 的功劳簿上睡大觉呀？"那一刻，他委屈过、脸红过，但他没有进行任何辩解。

因为保密的需要，在相当长的时间里，罗阳一边承受着来自社会甚至来自亲朋好友的不理解，一边默默地带领大家埋头给歼-8系列更新换代，用神奇的速度使其"返老还童"。歼-8Ⅰ、歼-8Ⅱ……歼-8ⅡM沉寂了两年之后，某型飞机又轰轰烈烈的登上了珠海航展的舞台。他们所进行的大量的研制工作并不为外界所知，他们所面对的巨大的困难，也无法向外界透露分毫。

就说研制舰载机吧，它的起降区域、起降方式、作战使用、舰面保障，以及严酷的舰面电磁环境和海上环境等，都是陆基飞机所没有的，与陆基飞机并不是"堂兄弟"或者"表兄弟"的关系，两者之间存在许多本质区别。根据国外的经验，二代陆基飞机改舰载基本都以失败告终，三代以后改舰载的，其改进工作几乎相当于全新的型号设计，只有个别的系统或布局有一些成熟的技术可供借鉴。再加之航空制造大国对我国的技术封锁，这就意味着我们没有经验、没有关键技术可以借鉴，只有自主创新一条路可以走。

怎一个"难"字了得！可是，罗阳从来没有说过自己压力大，只不过，他的头发很快变得稀疏，他的眉头常常紧锁……"在遇到问题以后，眼看上级要求的时间越来越近了，那种压力是无形的。但是你在全力以赴地去工作，去克服、去解决的时候，有的时候就会把它忘掉。"这是罗阳生前接受采访时的一段话，无疑，是那份深植在心底的责任感和使命感，那份为尊严而战的决心和勇气在默默地支撑着他。

他曾向班子成员推荐一本两弹元勋邓稼先夫人许鹿希写的回忆录，其中有一个情节他印象很深刻，也曾反复讲给身边的人听：因为早年缺乏核防护的基本条件，邓稼先作为总指挥，曾用双手把在沙漠里找到的没有爆炸的"裸弹"抱了回来。1986年，邓稼先因遭受核辐射全身大面积渗血，已经到了无法救治的地步。邓稼先病重住院期间，杨振宁去医院探望时，两人之间有这样一段对话。杨问：研究原子弹，国家究竟给了你多少奖金，值得你把命都搭上？邓答：原子弹10块钱，氢弹10块钱。为此，罗阳曾向很多核工业部的老同志查证过，他们告诉罗阳，当年国家原子弹奖金是1万元，加上核工业部拿出的十几万，最终按10块、5块、3块的档次，发给了当时从事这项事业的10万科研人员。在这么艰苦的条件下，为什么还要发展核武器呢？毛泽东说过："我们要不受人家欺负，就不能没这个东西。"邓小平说过："我们没有原子弹，中国就不能叫有影响力的大国。"那么现在，发展航母战斗力的原因也是如此。纵有千难万险，在国土安全、国家利益面前，又有什么推诿的借口？有什么退缩的理由？

接过歼－15研制工作现场总指挥的指挥棒，罗阳与公司26家基层单位签署了《关于确保完成歼－15飞机研制任务令》。这是沈飞有史以来第一次以"任务令"的形式落实责任、明确职责。《任务令》上赫然写道："公司强令要求，军中无戏言，各责任单位和责任人要以完成政治任务的高度，认识任务目标和节点，按照已经制定的项目赶工计划不折不扣地执行。"性格温和的罗阳做起事情来严格得让人肃然起敬。左手"军功章"，右手"军令状"，歼－15的制造一开始便充满了"不成功，便成仁"的豪迈。

于是，罗阳亲自组织、指挥着他亲手培养、造就的沈飞人，在这里拉开了一场威武雄壮、可歌可泣的人间正剧。一场与时间赛跑、与意志比拼，向技术要效益，向管理要效益，向创新要效益，全面突破传统理念和方法，攻克关键技术堡垒的总决战打响了。

争分夺秒战犹酣

从 2007 年歼 -15 试制开工，到实现首飞，面对如此短的时间如此重的任务，罗阳当机立断，带领团队在生产方式、组织形式、管理模式上展开了时间争夺战。

首先，率先在国内军工企业采用数字化协同设计的理念。以前的新机设计和制造模式，业内人称之为串行模式，即先由设计部门画图，再交给工厂去制造。在信息化没有普及的年代，一架飞机的设计图就有 20 多万张，可以堆满整整一个屋子，只是发图就要用两三年。而今借助信息化手段，新机研制运用的是并行工程，完全实现了三维电脑发图。沈飞副总经理苗玉华用写博客来比喻并行工程，即"作者"随写随发，"读者"随时点评，"作者"随时改进。产品设计与工程设计、工艺设计、工装设计，高度交叉和并行。以往技术成熟度必须达到 5 级时才能进行技术准备工作，而在这一项目上，技术成熟度仅到达 3 级时就可以开展并行工作，大大节省了时间。

在这个过程中，3D 打印技术的应用可谓功不可没。据总设计师孙聪透露，钛合金和 M100 钢的 3D 打印技术已应用于新机试制过程，主要是主承力部分。在传统的战斗机制造流程当中，飞机的 3D 模型设计好后，需要进行长期的投入来制造水压成型设备，而使用 3D 打印这种增材制造技术后，零件的成型速度、应用速度得以大幅度提高。

其次，大胆地在新机研制上推行打包式的项目管理，即按产品结构树把同类的工作打成工作包，每一个工作包都有自己独特的编码，该工作包的属性、周期、装配关系等一目了然，方便对产品进行全过程管理、全寿命管控。比方打导管实样对型号研制至关重要，项目组几乎调动了沈飞所有的资源，凡是干过导管工作的人员、厂长、退休干部、检验员、转岗职工，从外单位借来的技术人员，全部参与协同作战。

其三，向中航工业集团的兄弟单位寻求合作。仅仅是工装制造一项，就形成了全行业的大协作，从哈飞、西飞、成飞、上飞、陕飞，到贵航、洪都，所有的飞机主机厂家都参与到工装设计制造中。

时间飞逝，2009 年转眼就到了。在那北国最寒冷的日子里，暴风雪卷成了漫天飞舞的雪龙，肆无忌惮地横扫大街小巷，猛烈拍打着家家户户的窗户，仿佛在用冰冷的口气通知你：我来了，该猫冬了。

而此时此刻，沈飞三楼会议室里正在召开研制歼 –15 的计划工作会议。一些技术专家在认真检查、分析了歼 –15 的研制工作进展后，经过反复推演、编排，不得不无奈地表示，饭要一口一口地吃，技术难题得一项一项地攻克，时间确实不够用啊！当时天冷，人心更冷，窗外那寒冷的雪龙，仿佛已经钻进了一些人的心窝。

但是，罗阳作为主帅，深知用兵之道，攻心为上，攻城为下，心战为上，兵战为下。"更催飞将追骄虏，莫遣沙场匹马还。"剑已出鞘，唯有一战到底。罗阳对大家说，我们不能坐在办公室里拍脑门、算时间，我们要到一线去拍脑门，到群众中去算时间。2009 年 2 月 27 日，当人们还沉浸在春节的节日气氛中时，罗阳在办公楼三楼召开了歼 –15 飞机研制誓师大会。

在会上，罗阳再一次向 10 个单位颁发了专项任务令，并授予部总装等单位"新机科研突击队"的猎猎队旗。罗阳在会上强调："2009 年是歼 –15 舰载机研制的决胜年，公司的每一位员工都要牢记使命、坚定信心、竭力所能、践行誓言，圆满完成党和国家交付给我们的重托。"公司 10 家责任单位责任人，立即向罗阳递交了贯彻落实总经理令的承诺书，并迅速行动起来，全力以赴地投入到那最繁忙、最丰富、最激奋人心的攻坚战中。

在那段难忘的时间里，罗阳针对歼–15项目进展、后续任务和目标节点，整天与项目团队一起，采取头脑风暴法，列出各种风险、困难，整理对策、思路。在加强计划的可实行性时，他要求对后续工作提前做好准备，研究落实后续工序能否提前进行的方法。果然，群众是真正的英雄，大家集思广益，提出了不少好点子、好办法，对缩短项目周期起到了比较好的作用。

继而，罗阳加强了研制现场指挥部协调与指挥作用，加大了对关键技术攻关的组织力度。为此，2009年上半年，公司每月最少召开两次型号会议；在重要节点前三个月，基本上每周召开一次。每次开会，罗阳都亲自主持，组织讨论解决具体的问题。

与此同时，罗阳深知影响战争结果的不仅有正确的指挥，有精良的装备，更在于奋勇杀敌的每一个战士，在于一种不可捉摸的叫作"士气"的东西。因此他主动深入研制一线，靠前指挥，并义不容辞地承担起后勤部长的职责。看到一线职工累得歪倒在厂房的地面上打盹，罗阳立即指示工会购置30张行军床和30套枕头被褥送到大干现场；北国春寒料峭，他又给外场人员每人配发了一个暖宝；看到车间加班，他叮嘱后勤一定要准时送餐，并安排夜间班车送路途远的女职工回家；得知一位老技师患有糖尿病，他专门安排食堂准备无糖食品；到了酷暑，发现新机试制部工程师韩崇杰的右脸颊上长了红疱，就安排给车间所有人配上了花露水、酸梅汤……

为了表彰和激励员工们的拼搏精神，罗阳决定在总装厂和试飞站开展"每周一星"的评选活动，后来发展为"每日一星"的表彰。只要在公司，罗阳每次都到表彰现场，亲自为模范员工颁奖。当得知这些员工由于昼夜加班，吃住在厂，父母生病、爱人怀孕、孩子住院都无暇照顾时，罗阳立即给党委组织部领导打电话："从明天开始，不但要继续坚持每天现场表彰'每日之星'，还要写感谢信，我亲自签名后，由党委牵头会同厂里将感谢信送到获奖员工的家属手中，同时要了解职工家中困难，全力解决。"当时在场的公司领导和总装厂领导都非常惊讶。

细微之处见真情。"每日之星"评选活动在总装厂历经22天，共产生了48位"生产之星"、18位"服务之星"，发出了66封感谢信。这些不仅成了职工们的"定心丸"，也成了他们的"加油站"。所有人都拧成了一股绳，沈飞到处呈现出前所未有的"人欢马叫战犹酣"的攻坚画卷。当然，笔者只能在这里展示其中一小部分的感人片段。

狭路相逢勇者胜，这是33厂佟明远厂长喊出的战斗口号。那时，只要你走进33厂厂房，就会感受到那如火如荼的攻坚热潮扑面而来。每个工区都变成了克坚攻难的战场，循着"哒哒"的焊枪声，映入眼帘的是一线员工在阵地上——各种型号飞机架上架下忙碌的身影，他们或画线、或钻孔、或铆接、或修合，分秒必争。没有条件，他们创造条件，自制了样板取代了模架，解决了零件安装的难题；活门和压力限制器是两块难啃的硬骨头，公司劳模韩崇杰带领两名员工日夜紧急攻关，连续两天两夜没有合眼，硬是咬牙赶在节点前完成任务；关兴华腰脱已经有一段时间了，需要静养，可他负责的部分一直是一夫当关，若找别人代替，不仅进度慢，还难保证质量，为此他每天不顾病痛，坐在椅子上指挥徒弟奋力攻坚；李平更是轻伤不下火线，夜里偷偷跑到医院打点滴，白天坚持上班……

总装厂4-6班班长何永伟师傅是一位老班长，在高强度连轴转的紧张忙碌中，他的肾结石病犯了，疼得蹲在地上直冒冷汗。厂里强行把他送到医院治疗，可是他在医院打完点滴缓解了疼痛，便又回到生产现场。战友们劝他休息，他憨厚地嘿嘿一笑说："不打紧，不打紧，已经休息够了，厂里需要我呀，活都'见亮'了，我一定要和班组同志奋战到底。"是呀，这里离不开他。由于飞机导管分布于全机各部位，走向复杂得就像迷宫，安装技术要求高。何永伟凭借着丰富的实践经验，提出在地面模拟战斗机状态打制式样。他找来装机设备架、设定框与长桁、电缆等位置后，再确定导管走向。这样不但省却了许多不必要的麻烦，还巧妙的解决了设备通风管的式样难题。而在对飞机授油探头进行燃油、气密试验时，他又连续三天三夜没有合眼。家里已经准备好丰盛的饭菜，等他回家过年，可这点愿望却无法实现。原来，在安装结束进行试验时，出现了燃油活门漏气的问题，这可是天大的事情！查！五班的员工们满飞机找原因，一段段地试，最后怀疑是机上成品出现故障。何永伟、黄绍波、周浩和检验员研究了一个多小时，与工艺设计反复沟通，最后发现是某成品设计上有问题，导致无法正常工作。正是他们通宵查问题抢出生产周期，才确保了后面的调试工序正常进行……

那对18厂铣工工段的"父子兵"——铣工专家吴建明和儿子吴桐，也成为参战的一道亮丽的风景线。他们总是在晨光初启时第一个来到工作台，在繁星点点时关闭最后一台飞转的铣床。一天，接到零件紧急加工的任务，他们二话没说，立即赶到单位，对零件图纸进行了反复分析和研究，制定了一套合理的加工方案后，马上着手大干。父子俩默契配合，从清晨7点一直忙到晚上9点，干好一件，用户单位取走一件，直到干完最后一个零件时，吴建明累得瘫倒在椅子上。吴桐不顾疲劳，为父亲捶背揉肩，并帮父亲穿上雨衣，之后父子二人冒着倾盆大雨，踏上回家的夜路……

导管敷设是个细致活儿，繁多复杂的导管只有一个小小的安装孔洞，只能容纳一只手伸进去安装，只有对管路敷设非常熟悉及手感非常准确的手才能完成。由于工期紧张，没有条件像以往那样逐条逐段地摸索装配，具有丰富装配经验的张欣便毅然扛起了这份重任。他结合以往生产经验，采用分段处理的安装办法，将封闭区内那些需要花时间连接保险的管路，在地面先行装配，然后从透出的安装空洞，一点点递伸进去，最后在结合处紧死保险。这样不仅大大缩短装配时间，还保障了封闭区管路的紧缩性。5天、10天……张欣记不得有多少天没有回家了，他多么想亲一下自己刚满两岁的宝贝的小脸蛋呀！一头是父子情意深，一头是责任重于山。电话里孩子哭着要爸爸，最后聪明的张欣想出一个办法，和妻子约好时间地点后，他一路小跑到工厂门口，颤抖着双手抱过孩子亲了又亲，泪水在眼眶里直打转。他知道孩子长大了一定能理解自己的父亲……

这真是：攻坚责任重如山，排除万难战犹酣；秋风不减航空情，打造战机苦亦甜。

"狰狞三关"

尽管沈飞人万众一心，众志成城，一路攻坚克难，取得了一场又一场攻坚战的胜利，但是，提起那曾把他们弄得焦头烂额无计可施的三大技术难题，相关人员仍然心有余悸，并称之为"狰狞三关"。

第一道关是舰载机机翼——它不仅要求"翅膀"能够灵活地折叠，且还要保证无论机翼怎么折叠，燃油、液压、操控等各个系统都能正常工作。

为了闯过这道关，罗阳每天都要到工作现场。他手里总是拿着两个本子，一个是所有攻坚项目进度表，一个是密密麻麻的计算数据和他对技术难题的解决设想。大家说：罗总是一手拿着阎王爷的催命单，一手拿着诸葛亮的妙计锦囊。

那时节，如果罗阳没有在生产现场，肯定是问题现场解决不了，罗阳把技术员们请到他的办公室研究解决对策。但是，无论是在生产现场，还是在罗阳办公室，技术员们总是又紧张又兴奋。紧张的是罗阳肯定会提出令他们意想不到、回答不了的问题，兴奋的是罗阳每次都能给他们打开柳暗花明又一村的新思路。

冶金处副处长倪家强告诉笔者："歼-15 折叠机翼，采用的是新结构、新材料，以前我们根本没接触过，开始做的几个关键零部件，几乎都报废了。有一天在车间里，我们几位技术员正一筹莫展，罗总来了，问我还能不能干，我苦着脸摇了摇头。他一下急了，双眉竖了起来，说：'必须把不可能变为可能，外国人能干成的事情，中国人同样能干成！'然后他招呼我们坐在他的身旁，一张张翻阅图纸，同我们一起分析失败的原因，建议我们打开视野，尽可能地采取新工艺、新材料、新办法。比如焊接，我们原先使用的方法已经很先进，但就是满足不了设计要求。罗总就建议我们采用最新的电子束工艺焊接技术。"

这样，在罗阳的带领下，折叠翼研制方案改了一遍又一遍，零部件做了一套又一套，一次次地试验，一次次地改进，拔掉了一个又一个的技术"钉子"。通向胜利的道路是迂回曲折的，走这条路的人需要耐心与毅力。累了就停在路边的人，是不会取得胜利的。沈飞人就是凭着这种百折不挠的精神，终于为自己的舰载机插上了收放自如的翅膀！

第二道关是阻拦钩——它要求舰载机能够准确钩住阻拦索，从而有效减速，是实现飞机在短距离内着舰的关键。

拦阻钩是拦阻系统的关键部件，由钩干和钩梁两部分组成，这给材料的选用出了难题。钩梁尺寸大，屡屡发生侧弯；而钩干对精度要求极高，一经热处理，又容易变形。这个小小的拦阻钩，真把研制人员给钩拦住了。连续几个月不间断的试制，还是达不到设计要求，眼瞅着完成任务的时限马上要到了，而时间一到，就等于宣布他们的这场攻坚战以失败而告终。大家的精神都到了崩溃的边缘。

一天夜里，10点多了，外面又是刮风又是下雪，仿佛在嘲弄车间里束手无策的人们。大家正在愁眉苦脸时，罗阳又如约而至。看到大家情绪不高，罗阳把手一挥，豪气地说："科学界没有失败，只有更适合、只有最好。不就是个小小的钩子吗，它拦不住我们！"随即话锋一转，"我们如果把可能影响拦阻钩达到设计要求的所有因素，一项一项列出来，精度、尺寸、配合关系，不放过任何一个细节，我坚信，经过对它的分析、解剖，经过不断调整研制思路和主攻方向，它就会乖乖地投降。"

在罗阳的鼓励和启发下，经过不断地分析解剖，不断地验证纠正，这只拦路虎也被打趴下了！但是，事情的进展并不顺利。工艺处主管工程师告诉笔者："当时全公司员工都在你追我赶，任务的最后期限一天天逼近，可无论怎样努力，钩干的精度还是有点儿瑕疵。有的技术人员觉得毛病不大，不会影响飞机飞行，提出先装上再说，问题以后接着去解决。罗总当时脸一沉，摆手说：'不行，决不能把问题带上天！'"这样，钩干这个部件不得不再一次次重新研制，直到最后达到设计要求。

可还没等大家松一口气，在进行拦阻系统综合试验时，有个部件突然出现了故障。有的同志认为，这只是一个偶然事件，更换新部件就行了。罗阳却反对如此简单地下结论，要求连夜启动设计制造全过程普查，将普查结果进行对比分析。结果发现故障并非偶然，原因在于对设计思想理解不到位，造成批次产品存在不确定因素，如果只是简单地换件处理，就会留下致命隐患。

于是，再一次次试验，一次次失败，终于在 2012 年初，这一技术难关被彻底攻克了。罗阳指着几十公斤重的拦阻钩，拍拍项目负责人的肩膀说："这个小东西没问题了吧！只要我们摸准了它的脾气，它就会乖乖地听我们的！"

第三道关便是错综复杂的导管研制了。舰载机上有很多管子，发动机用的燃油管子、驱动飞机能保证多面动的液燃油管子等，不同的颜色代表不同的功能，安装起来非常复杂。

采用计算机三维设计技术后，设计人员大量引进先进数控弯管机，并要求弯出不同的管型。这在计算机上很容易做到，然而，用什么材料的管道、怎样把它装配好，这种对工艺能力的高要求，全部压在了研制环节。为此，罗阳亲自领导，启动新项目团队，集中优势兵力——技术骨干针对不同需求，对参照的三代母机所有的管道进行"会诊"，通过试装发现需更换近百根导管，有的符合技术要求，有的可以替代，还有的必须重新打实样。另外，还需要对 300 多根电缆信号线进行重新调整，几根线需要重新敷设，需要赶制几百项零件。

任务摸清后，公司分成几条线同时作业。其中空气加力燃烧系统由三十多块合金板组成，要经过热成型、焊接等多道工序才能制作出来。面对时间紧、任务重、工序周期长等困难，项目团队通过调整工艺参数、缩短升温时间等办法来抢制零件，全然不顾热成型模具三百多摄氏度的高温，轮番坚持工作。导风罩通风管零件需新制模具，为了缩短制造周期，参研人员制作了简易、可切割的塑料模具，在短时间内完成了零件制造任务。最终，电缆敷设和导管打实样的工作也得以按时完成。

当然，在那些难忘的日子里，难题就好像蘑菇一样，摘掉一个，又冒出一个，给人感觉就是多得解决不完。真是"雄关漫道真如铁，而今迈步从头越"。但是，沈飞人顶住压力，迎来了胜利的曙光。

2011年1月，歼-15飞机设计定型大纲通过评审。2012年7月，评审小组一致同意歼-15首飞。沈飞人用事实证明，成功者与失败者的区别，往往不在于能力大小，而在于是否有勇气信赖自己的想法，并且百折不挠地去付诸实践。

装上"中国心"

2009年2月24日晚，沈飞公司接到上级机关的电话通知，要求在歼-15各项任务研制成功后，为歼-15安上"中国心"——我国自主研制的"太行"发动机。

众所周知，航空发动机之所以被誉为"工业之花"，因为这是人类有史以来最复杂、最精密的工业产品，是一个国家科技、工业和国防实力的重要标志。航空发动机技术涉及冶金、材料、机械加工、机械制造、热力学、空气动力学、流体力学、控制学等等，基本上75%以上的工科，都要把自己领域的最高技术成就献给航空发动机。如果把整个国家的第二产业视为一个金字塔，那么，航空发动机就是这个金字塔的塔尖。大型涡扇航空发动机是当前机械工业的顶峰，目前美、欧处在第一位置，俄、乌等国处在第二位置，而中国的"太行"刚刚拿到入场券。

是的，由于历史原因，号称装备制造业"皇冠上的明珠"的航空发动机，在很长一段时间里，成为中国航空工业发展的"瓶颈"。直到2002年，经过不懈的奋斗，中国自行研制的第一台具有完全自主知识产权的航空发动机终于通过了国家定型鉴定。但是，要把发动机真正配装到飞机上，却还存在很多很多困难。第一，飞机自身需要进行改装，以适应这台新研发动机；第二，相关设计研制需要大量经费，一般得厂家自掏腰包；第三，也是最重要的，使用首台国产发动机存在一定风险——新研发动机极可能因技术不够成熟，给飞机带来安全问题。如果只从单位利益考虑，飞机研制厂都不愿意使用尚不成熟的新研发动机。但业内人士都知道，发动机是设计、制造出来的，更是使用出来的。不经过装机大量使用，新研发动机的潜在问题就很难充分暴露并得到切实解决。

于是，当中国一航林左鸣总经理找到罗阳，希望沈飞带头使用国产新研发动机作为新飞机的动力时，罗阳又一次点头了。他识大体地说，他们比我们更难，我们必须支持国产航空发动机，越是困难，才越要将自己的航空发动机技术搞上去。只有发动机搞上去，中国航空工业才能真正强大。

然而，罗阳领命归来后，在沈飞集团的领导会议上，却遇到了前所未有的阻力。有人沉默，有人坚决反对。很显然，大家不愿意再冒风险而影响歼-15的首飞。毕竟，沈飞在罗阳的力主下，一直是国产发动机的实验基地，在这方面是有过很多"失败"经验的。

是的，谁都知道航空发动机是飞机的"心脏"，是一个国家科技工业水平和综合实力的重要标志。但是目前能够独立研制发动机的国家屈指可数，只有美国、英国、俄罗斯、法国和中国。正因为其集高精尖技术于一身，国外一直严密地封锁技术，我们买得来产品，买不来技术，国产飞机一度只能装配非自主研制的发动机。这也成为航空人以及航空工业的一块"心脏"病。因此，中国航空发动机只有走自主研制的道路，才能不受制于人。

从 1987 年到 2005 年，"太行"发动机的研制就是在不断的否定与不断的支持中，整整跋涉了 18 年。2003 年装机试飞时，由于对发动机研制规律的认识和把握不到位，再加上质量管理和工作作风存在问题，科研生产一度陷入困境。第一次是发动机在试车时发生了高压压气机四级盘破裂事故，第二次是在高空台模拟试验和调整试飞中暴露出技术问题。当时盛夏骄阳似火，人们心里更像是火烧一般的焦灼：这个型号的发动机还能不能进行下去？

2004 年 5 月，在人们怀疑的目光中，"太行"发动机试飞进入了关键期，试飞人员却遇到了一个非常棘手的问题——飞机在高空小表速飞行时，经常出现幻觉般的异响。在 8 月下旬和 9 月上旬的试飞中，5 次起落居然出现了 3 次特情，造成了较大的负面影响和被动局面。一波未平一波又起，2004 年夏天，配装"太行"发动机的战鹰在进行试飞科目时，最可怕的事出现了——发动机突然空中停车！万幸的是，飞行员沉着果断，化险为夷，才使飞机安全返回，但研制工作却因此陷入僵局。

"太行"发动机突然空中停车，这引起了上上下下极大的震动。一时间，各种讥讽、诋毁甚嚣尘上。然而，在这决定"太行"发动机命运的时刻，罗阳在班子会上说，先谋后事者昌，先事后谋者亡，在发动机安装上，别无选择，我们必须置之死地而后生，在关键时刻要顶住。正是经过不断地试飞，"太行"发动机才能把问题都暴露出来，进而得到解决。2005年末，北方的隆冬里终于响起了春雷，全新的"太行"发动机横空出世了！

同样，另一款发动机"昆仑"在黎明机械厂也走过了18个春秋。经过空中试飞660多架次，几经磨难，2002年5月，中国自行研制的第一台具有完全自主知识产权的高性能双转子加力涡轮喷气航空发动机——"昆仑"通过了国家定型鉴定。

还是同样的原因，罗阳对这款国产发动机的研制也给予了极大的支持与帮助。他对他率领的团队说："国产发动机技术在不断成熟过程中，还有一段可靠性不断提升的过程。飞机配装国产发动机要承担一定的风险，弄不好会拖我们研制新型号飞机的后腿。但是，我们要记住一个事实：只有发动机搞上去了，中国航空工业才能真正强大。"就这样，在罗阳的坚定支持下，中航工业沈飞、601所与发动机研制厂进行了通力合作，快速推进了发动机研制进程。

2008年，"太行"发动机列装部队。这标志着中国发动机实现了从中等推力到大推力、从涡喷到涡扇、从第二代到第三代的三大跨越。中航工业发动机总经理庞为感慨地说："罗阳如果不是站在整个国家和民族的高度，没有自主创新的谋略和胆识，很难做出这样的抉择。"

现在，在研究歼-15安装什么发动机时，罗阳面对的阻力更大了。因为怕影响歼-15的按时交付，有位权威专家甚至搬出了上个世纪60年代至80年代的那场长达20年的争论。

在上个世纪60年代初期，美国高空侦察机——U-2无人驾驶侦察机经常对中国领空进行骚扰，而米格-21型飞机因升限留空时间短、高空高速性能差、高空安定性差等缺陷，难以完成保卫领空的任务。于是，前辈飞机设计大师徐舜寿、黄志千在1964年10月提出了研制马赫数为2.2倍音速的歼8型歼击机。但工作中，首先遇到的分歧是选择什么样的发动机的问题。一种意见是用两台经改进的米格-21型飞机用的发动机；

另一种意见是用一台自行设计的全新喷气式发动机。

他们权衡当时国内的技术条件及对研制时间的要求，认为自行设计的发动机决非三四年能够完成，其可靠性更是难以保证，因此只能采用两台经改进后的米格－21发动机的方案。为此，黄志千领导总结了预研课题成果和设计经验，组织编写了《歼8型飞机强度计算原则》。这本《原则》后来被各主机设计研究单位广为参用。为使飞机上的十多个副油箱能在各种飞行姿态中有顺序地供给发动机油料，需要组建地面燃油台进行试验。黄志千又带领团队查阅资料，进行论证，最终确定了方案，为歼8型高空高速歼击机的研制成功奠定了技术基础。1985年10月，歼8型歼击机获国家科技进步特等奖。

然而，时间已经过去半个多世纪，难道我们的战机永远不安装上自己的"心脏"吗？最终，罗阳作为现场总指挥一锤定音：国防现代化是买不来的，只能靠自己把它干出来！不管遇到什么困难，一定要装上国产发动机！

可是，有些领导还是提出了抗议：不要忘了，我们是立下了军令状的！再说，这是科学，容不得半点私心，歼－15到时候上不了天，我们砸饭碗是小事，国家的声誉是大事！

罗阳当然知道歼－15只许成功不许失败，他也知道光争论是没有结果的，于是采取了两条腿走路的办法。他说，现在中国已经不是 50 年前的中国了，中国的发动机，也不是 50 年前的发动机了。但是，为了保证歼 –15 万无一失，我建议，把歼 –15 样机分成两组，一组安上"中国心"，你们也知道歼 –15 设计时，就是按"中国心"设计的；另一组安上国外发动机，到时候可以进行比较，看哪个"心脏"跳动得好。由于罗阳工作做得周全，最终这个意见得到了全体通过。

无疑，为歼 –15 安装国产发动机，这不仅是歼 –15 型号飞机先进性能的全面展示，也是我国航空制造水平的全面展示。空军装备部、中航工业集团公司高度重视，要求沈飞公司克服一切困难，全力以赴完成安装发动机的任务。

为此，公司专门成立了以罗阳为组长的专项任务领导小组，进行完成专项任务的整体部署。要求承担任务的相关单位和科室要采取超常措施，把每一项工作落实到单位、落实到班组、落实到员工，每个零件、每道工序都要在规定的时间内完成。公司领导现场指挥，工作协调会现场召开，技术问题现场解决，驻公司军代表、601 所、黎明机械厂等单位现场跟产……

用孙聪的话说，给歼 –15 装上"中国心"，相当于给了它生命。从制造的角度讲，任务已经全部完成了。只要点燃发动机，活了，歼 –15 已经激活了！

不鸣则已，一鸣惊人。让世界震惊的是，歼 –15 一诞生，就全方位地超越了俄米格 –29。首先，就机动性而言，正是因为配备了国产 WS–10 "太行"涡轮风扇发动机，其最大推力为 132 千牛；而米格 –29K 在换装新 RD–33 的 3M 序列发动机后，其最大推力仅为 87.4 千牛，远远落在歼 –15 后面。其次，就航程而言，歼 –15 的最大起飞重量为 33 吨，最大速度为 2700 公里 / 小时，最大航程 3500 公里，最大作战半径是 1200 公里；而米格 –29K 的最大航程为 3000 公里，作战半径超过 1000 公里。其三，在航电设备方面，尽管歼 –15 尚未完成定型，但已大量采用了基于 MIL–STD–1553B 双向数据总线的联合式航电系统；而米格 –29K 的航电设备仅仅只是以 MIL–STD–1553B 双向数据总线为基础。其四，在武器挂载方面，歼 –15 为重型机，米格 –29K 只是一款中型机。歼 –15 的最大优势之一在于其挂载的灵活性，拥有 8 个挂点可以挂载重型武器，能挂载单弹重量超过 4 吨的超重型武器。米格 –29K 虽然有 8 个外挂点，但它的载弹量只有歼 –15 的一半。难怪加拿大《汉和防务评论》曾这样报道：歼 –15 采用了国产 "太行"大推力涡扇发动机，加力推力有所提高，令飞机的爆发力和加速性更强劲，从而在起飞、复飞时，让飞行员的底气更足。

可见，歼-15作为一款重型舰载机，具有作战半径大、超音速性能优良、机动性好、载弹量多，可根据不同作战任务携带多型反舰导弹、空空导弹、空地导弹，实现全海域全空域精确打击的作战能力，以及滞空巡逻时间长等突出优势，各项性能可与俄罗斯苏-33、美国F-18等世界现役的主力舰载战斗机相媲美。被罗阳和他的战友们誉为海上霸王——"飞鲨"的歼-15，终于可以守卫我们自己的海空！

歼-15装上"中国心"，中航集团公司董事长林左鸣感慨万千，对罗阳强烈的大局意识尤为感佩。他告诉笔者："近年来，我国有两型重要的航空发动机都是由沈飞率先使用的。它们在使用中暴露出不少问题，也给沈飞带去了不小的麻烦，甚至造成了一定的经济困难。但罗阳同志没有任何怨言，他认为要加快振兴我国航空发动机事业，企业就必须承担风险、付出代价，他自己也愿意为此付出和担当。今天，这两型发动机已日趋成熟，并开始大量投入使用，获得了用户好评，罗阳同志和沈飞功不可没！"

首次试飞

黑云压城城欲摧，甲光向日金鳞开。

2009 年 8 月 20 日，沈飞公司接到中航集团公司董事长林左鸣下达的《关于全力推进歼 –15 飞机研制工作命令（第 3 号）》。

就在接到第 3 号令的同一个月，沈飞人没有辜负祖国的希望，没有辜负人民的信任，他们研制的歼 –15 成功地进行了首次试飞！

试飞是沈飞战机交付部队使用前的最后一道工序。试飞员与飞行员，名称只有一字之差，工作却有巨大的差别。飞行员驾驶的是设计成熟的飞机，而试飞员驾驶的是尚未定型、需要对各种极限条件下的飞机数据进行全面考核的飞机，其危险性之高不言而喻。研制中最关键的一环就是飞行控制律设计。设计人员没有空中感觉，完全依靠飞行员的反馈信息，反复改动，不断完善。这对试飞员提出了极高的要求：必须具有英雄虎胆、敢于叩问天门，还必须沉着冷静，时刻准备凭着高超的驾驶技能应变突发事件，化险为夷。试飞就像踩着钢丝跳舞，勇气与技艺俱佳才能完成令人叹为观止的演出，否则就会坠入万丈深渊。

试飞被视为世界公认的极富冒险性的职业，而我国空军试飞部队里就有这样一批顶尖的试飞员，他们一次次驯服桀骜的战鹰，在人们惊魂未定中平安归来；一次次为战鹰找到病因，让眉头紧锁的设计者豁然开朗；一次次提高战鹰性能，令飞行员们信心倍增，使国人的脊梁越挺越直……于是，试飞场便成了让罗阳心情最紧张的地方，也是带给罗阳最多快乐的地方。

试飞员丛刚忘不了罗阳曾给他的那个真诚而温暖的拥抱。那天，丛刚执行某新型战机试飞任务，返回降落时，起落架不知为何打不开了！情况紧急，大家的心都提到了嗓子眼儿。正在开会的罗阳马上中止会议，赶到了试飞场。在地面人员的技术支持下，丛刚冷静操作，终于打开了起落架，平安降落。丛刚一走下舷梯，罗阳就上前将他一把搂在怀中，激动地说：“谢谢！太谢谢了！”回忆此事，丛刚说：“那一刻，就好像有一股暖流涌上了心头一样。”

虽然有惊无险，可罗阳回到会议室发火了：“我们一手托着国家财产，一手托着战友生命，我们为什么不能做得更好些呢？！”紧接着，他马上组织相关人员对战机故障进行全面排查，在最短时间内消除了隐患。

其实，就像跑马拉松接力赛一样，歼 –15 在研制过程中，试飞站已经做好了准备，并喊出了"我们多担一份风险，部队飞行安全就多一份保障！"的口号。罗阳更是没有丝毫怠慢，要求歼 –15 研制团队全程参与起降试验。用他的话说，这好比我们的孩子，就要上考场了，我们一定要盯到底、跟到位，确保它处于最佳状态。他组织研制团队多次长时间到现场跟随飞机试训，详细了解飞机功能性能状况，针对试飞遇到的问题，研究改进措施。如当他听飞行员说操控油门杆有些不适后，就马上组织调整，直到飞行员感觉最舒适为止。

试飞员曹建彪告诉笔者："每次罗总和我们在一起时，笑起来的声音都特别洪亮，那真是发自肺腑的喜悦呀！"每逢新机试飞，他都站在离飞机只有 20 多米的最近距离，忙着去观察、去记录。试飞员李国恩最能体会罗阳当时的感受：在那么近的距离，飞机起降的巨大轰鸣声，会震得人耳朵生疼，心脏发颤。可张保库政委记得，罗阳有一次对他说，坐在办公室里，能时常听到飞机的轰鸣声，感觉心里特别踏实。

2009 年 8 月 31 日，评审小组一致同意歼 –15 首次试飞，试飞员就是胆大心细的李国恩。当天上午，作为歼 –15 舰载机研制现场总指挥，罗阳曾悄悄走到李国恩面前，按了按他的肩膀："兄弟，等着你回来！" 那一按饱含了多少的信任，又饱含了多少的牵挂啊！他知道李国恩说过，试飞员座下的新机，是几代人的心血，国家上亿元的财产，所以试飞员面对危险时，第一反应是先保住飞机。

李国恩是这样说的，也是这样做的。他曾在试飞时突遭发动机单机停车的重大险情。众所周知，在世界航空工业领域，颤振、失速尾旋和空中停车被公认为"三大 I 类风险"试飞科目，是被划入死亡禁区的专业名词。在生死攸关的时刻，李国恩沉着冷静地完成起飞动作后，果断返航，安全着陆，带回了宝贵的飞行数据。

罗阳相信李国恩。他为了执行试飞任务，竟没有见到母亲的最后一面；妻子因胆结石住院 14 天后，他才拖着疲惫的身躯赶到同在一座城市的医院，还未来得及问候，便一头栽在床上睡着了……对于试飞员来说，再大的风险无所惧，然而对亲人的亏欠，却是他们心里永远的痛。

然而此时此刻，他们必须心无旁骛。随着首席指挥员毕红军的一声令下，空军试飞一大队大队长李国恩驾驶新型战鹰轰鸣着出发了。阳光下，歼 –15 腾空而起、昂首直刺蓝天。在观摩台上，罗阳一边鼓掌一边仰望，眼睛牢牢盯着空中的战鹰……

　　只见，李国恩按试飞方案驾驶战机呼啸低空盘旋而过，紧接着做了一个垂直跃升，还没等人们从惊喜和震撼中回过神来，他又驾机来了一个小半径盘旋和 S 机动，紧跟着就是一个低空大速度通场，最后通过一个优美的小航线，"嘭！"战机安全着陆，轮胎与地面摩擦出三股白烟。又一个全新的机种试飞成功了！

　　这时，罗阳腾地一下子从椅子上站起来，拼命地鼓掌。试飞大队政委张保库回忆说："我上去祝贺握手，发现罗阳手心里全是汗水。"李国恩刚从飞机上下来，罗阳就上前紧紧地拥抱了他。泪水，几乎同时从两个男子汉眼眶中奔涌而出。这是喜极而泣的泪水——从这天起，中国有了自己的舰载机！

外场保障

　　首次试飞成功，罗阳的心却还没有放下。他的目光透过那高远的云层，延伸到边关、延伸到海疆……

　　每次把飞机交付部队之后，罗阳总会牵挂着他的"孩子们"，关心着它们的表现。是呀，飞机的研制和试飞就在他的眼皮底下，相对来说还比较容易掌控，但是千里之外的外场保障就困难了，想做好，就必须全国各地的跑。他常说："部队使用我们的产品是对我们的信任，将飞机生产好、保障好，确保部队学好用好装备，使装备迅速形成能力，是我们义不容辞的责任！"

因此，每当飞机交付部队，他的心也到了部队。他总是选派业务水平最高的技术骨干常驻现场，为部队服务。他自身虽然工作繁忙，每年还是坚持定期数十次走访部队，通过工作座谈、专题会议等多种形式，积极听取部队对产品和服务的意见，不断地改进质量。

有一年冬天，罗阳到北方某部队进行工作走访，到达时已是晚上8点多了。当时有一架飞机在机务准备中发生故障，服务人员和部队同志正在进行排故。由于故障比较复杂，忙活半天也没有结果，大伙儿都非常着急。罗阳听说后，急忙赶到现场，首先安慰大家不要急躁，要相信自己的能力，然后组织大家重新细致地梳理问题线索，从多角度系统分析故障原因。经过现场缜密的研究和测试，最终发现故障为一个传感器工作不稳定导致。故障部位虽然锁定，但更换工作较为复杂，拆装和恢复工作时间较长。冬夜的机场上的寒风刺骨，外场的同志劝他道："罗总，您刚到这里，先回去休息吧！""飞机故障没有最后排除，我睡不着。"就这样，他一直顶着凛冽的寒风坚守在现场，时而蹙眉深思，时而浅语询问，时而侧头聆听，直至次日凌晨两点多，飞机经通电调试确认恢复正常后，他才与大家一起离开现场。

还有一年，他去千里戈壁滩慰问在飞行现场的工作人员，正赶上参研人员遇到一个棘手的问题。罗阳站在旁边认真地研究了一会儿，便参与到讨论中，并很快地提出了解决思路。有家参研单位的技术人员忍不住悄悄问身边的沈飞员工："这不是你们的书记吗？怎么这么精通技术？"工作人员骄傲地说："他不只是我们的书记，也是我们的业务专家！"罗阳成了沈飞一张闪亮的名片，不仅因为他会管理懂技术，更因为他从来都以用户对产品和服务保障工作是否满意来作为衡量工作的第一标准，沈飞也由此成了用户信赖的厂家。

有一次，某部队一架执行任务的飞机有一重要部件发生故障，急需更换，由于现场缺乏设备，便向沈飞紧急求援。可重新生产该部件要十几天，时间根本来不及，只能从生产线上借用。但生产线上同类部件已经装机，如果借用，只有从飞机上拆卸下来。当时科研生产任务异常紧张，拆卸部件势必影响后续的生产。因此，有的同志说，军机的科研生产也是政治任务，耽误了进度，谁能负得起责任？大家一时拿不定主意了。罗阳听到汇报后，斩钉截铁地说出了八个字："部队第一，外场第一。"同时立即指示拆卸装机件，并派专人携带备件连夜乘飞机送到部队，确保部队战训任务的完成。部队为此专门给沈飞赠送了一面"无私援助，共创辉煌"的锦旗。

当然，罗阳还非常关心外场服务人员，每次到部队走访时，都要去看望常驻部队的服务保障人员。气候适应不适应？饮食习惯不习惯？做大事的罗阳没有忽略这些"小事"，尽可能地为外场服务人员创造良好的工作和生活条件。用他的话说，外场工作辛苦，部队的条件有限，服务人员常年出差在外跟飞保障，远离组织和亲人，如果没有一个相对好的工作和生活条件，他们怎么能全身心地投入到工作中呢？又怎么能为部队服务好，将产品保障好呢？

天地存肝胆，江山阅鬓华。为了让战鹰真正翱翔蓝天，罗阳走遍了祖国的大江南北。他用辛勤的汗水，用不尽的智慧，不知疲倦地履行着共和国航空工业长子的职责，维护着企业的声誉，更捍卫着国家的尊严！

第八章

梦圆长空

11 月 25 日凌晨，阴霾，辽宁舰返回港口。

　　晨雾中的大连港，仿佛辽宁舰离港时的情景再现。码头
上人山人海，大批航母迷早早占领了码头周边的制高点，视野
好的饭店也已人满为患，有人来自江南，有人来自西北，或伴
好友，或携家眷，等待观看航母和舰载机的试航归来。而沈飞
人按照与罗阳的约定，也早早地来到码头，准备组织欢迎仪式，
迎接他的凯旋。

　　然而，没有人知道，在完满完成任务的最后那天晚上，
罗阳度过了怎样漫长而痛苦的一个夜晚。连续作战造成的过度

疲劳，飞机起降带来的剧烈震颤，使他那颗疲惫的心脏不堪重负，出现了心绞痛。从来不愿麻烦别人的罗阳独自默默承受着这难熬的每一分、每一秒……

8点30分，当辽宁舰鸣响胜利的汽笛，缓缓地驶入欢迎人群的视线时，码头工作人员立即点燃了鞭炮和礼花。就要靠岸了，许多人都迫不及待地跑上甲板，一时间，舰上舰下遥相呼应，呐喊和欢呼连成一片。当航母离人群越来越近，当人们能够相互遥望招手致意，迎接罗阳的沈飞人看见了林左鸣、李玉海，看见了孙聪和孟军。他们站在舰岛和甲板上，脸上挂满了笑容。罗阳呢？他们再一次用目光搜索着，越过不断蹿跃的人头，穿过挥舞如林的手臂，依然没有发现罗阳的身影。一种不祥的预感涌上沈飞人的心头。

事实正是如此。当天早上6点，罗阳没有像往常一样按时起床。同事去问他："罗总，你怎么了？"他轻声说："不太舒服，胸口闷得慌。没事，躺一会儿就好了。"8点半左右，码头上锣鼓声、鞭炮声清晰可闻，又有同事跑到罗阳的房间说："罗总，上去看看吧，你们的书记和兄弟们在码头上招手呢！"他强挺着走出舱室10米远，扶着墙停住了："我不去了，一会儿上岸就见着了。"

9 点，辽宁舰终于靠岸，功臣们开始离舰，并与前来迎接的队伍紧紧拥抱，额手相庆。

9 时 04 分，在翘首企盼中，罗阳出现了。他拖着行李箱走出舱室，带着有些僵硬的微笑，慢慢地走下船。一位小战士仿佛看出了什么，想帮他提行李箱。"谢谢，我自己来。"他走到舷梯口，吃力地迈上两级台阶后，不得不停下来回头请小战士帮他提行李箱，并搀扶他上了甲板。601 所党委书记褚晓文说，罗阳是最后才下来的。

看到罗阳下舰，沈飞人激动地张开臂膀迎上前去，而他却只是轻轻地和前排的几个人握了握手，没有按惯例跟大家热烈拥抱，便拖着疲惫的步伐离开了现场——这是他留下的最后一个镜头。"罗总从来不这样啊！"沈飞的同志事后回忆说，他们当时就觉得奇怪，只是大家都沉浸在极度的欢乐中，没太注意他迟缓的脚步和微微皱起的眉头。

"不舒服吗？"最了解他的莫过于和他并肩战斗的战友、沈飞的党委书记谢根华了。

"有点累。"他只淡淡一笑，上车离去。

9 点 30 分，罗阳一进宾馆房间就倒在了床上。项目办的同志告诉谢根华："罗阳总经理说他不舒服，不能参加今晚的庆功宴会了，请你代表沈飞参加主桌活动。"以谢根华对罗阳的了解，他知道，这么重大的场合罗阳是不可能主动缺席的，一定是出了什么严重的事情。谢根华急匆匆赶到罗阳的住处，看见他横躺在床上，表情十分痛苦，顿时感到不妙，立即招呼身边的工作人员安排车辆，联系最近的医院。

车辆飞驰在去往医院的路上，罗阳望着车窗外说："今天大连的路真好，不堵车。"可车上的其他人还是觉得车速太慢了！500米……300米……100米，就在离医院不到100米的地方，9点40分，罗阳已经喘不过气来，昏迷过去。

医护人员当即在医院的走廊上组织抢救，边抢救边送往急诊室。"一定要把他抢救过来啊！"急诊室外，海军首长、参研单位和上级机关领导闻讯匆匆赶来，焦急地等待着。刚刚还笑逐颜开的脸上，此刻却是那么的凝重。心电测试机上的曲线渐渐变成了直线。院长从急诊室走了出来，表情沉痛。"不能放弃！有一分的希望也要尽一百二十分的努力！"中航工业董事长林左鸣向院长恳求道。

时间一分一秒地过去，医院走廊上的人越聚越多，所有人都在等待、期盼、渴望着奇迹的发生，或者说，所有人都不相信罗阳会就这样倒下去。是啊，在众人的眼里，他的身体是那么的健壮，就像一头不知疲倦的拓荒牛；他的意志是那样的坚强，重担压不垮，病魔也打不到。几个小时前，他不是还走下了胜利返航的航母吗？他应该出现在庆功宴上，和大家一起开怀畅饮啊！可是，此时此刻，他却痛苦地躺在了病床上。人们的心揪得紧紧的……

涅槃的凤凰

请记住这个时间，2012 年 11 月 25 日 12 点 48 分，尽管医生拼命抢救了 3 个多小时，罗阳还是因心源性猝死牺牲了。奇迹终究没能眷顾这位应该得到眷顾的人。他像阳光一样，把自己全部的光和热洒尽在他为之奋斗终生的航空事业上。

罗阳匆匆地走了，时年 51 岁。他的战友说，罗阳是含着微笑走的。无疑，这是他致力于航空报国的一生的圆满时刻——他是在见证了"飞鲨"完美飞天后，在那最幸福、最激动的时刻永远倒下的，一如涅槃的凤凰。

不知是宿命，还是巧合。同样是 51 岁，1968 年 1 月 6 日，在那场史无前例的浩劫中，中国航空事业的创始人、卓越的飞机设计大师徐舜寿被迫害致死，没有留下一句话，就离开了他一生钟爱的航空事业，以及许多未能完成的宏伟设计。他的死是惨烈的。

同样还是 51 岁，1965 年 5 月 20 日，另一位中国航空事业的创始人、歼 8 型飞机总设计师黄志千，在执行任务时因乘坐的客机在开罗上空失事而遇难。当时歼 8 的设计工作已全面铺开，他的离去令人惋惜。

然而，衡量人生价值的标尺并不在时间的刻度上，这把标尺，只藏在人们的心里。

他的战友们放弃了即将开始的庆功宴，悲痛欲绝地呼喊着："大哥，回家吧！"他们把他抬上了搭载英雄遗体的车队，亲自陪护着他，从大连驶回沈阳……那一路，寒风萧萧，暮雪皑皑，天地齐悲。

夜晚 9 时许，灵车缓缓驶入中航工业沈飞的厂区。他朝夕相伴的兄弟们早已在凄冷的夜空下肃穆而立，饱含悲伤与敬意，静静地等待着。"来了，来了，我们的罗总回来了！"厂区主要的道路两侧，上千辆整齐列队的私家车立即"唰"地一齐打开车灯，照亮了北方的夜空——他们以老百姓的最高规格、以最能表达心意的方式，迎接他们敬爱的罗总魂归故里。

那纵横交错的网状灯光，是为了让他再好好看看这个倾注了他毕生心血、完成了一个个新研项目的地方；那响彻夜空的悲戚喇叭，是在诉说人们心中无法抑制的悲伤。他们多想再拉着罗总的手，说几句贴心的话呀！可是，这一次，他们的罗总没有像往常那样风尘仆仆地走下车，或与他们寒暄，或直奔车间。那绝情的灵车，载着他在厂区绕行一周后，便径直驶向回龙岗革命公墓。他们的罗总再也回不来了！那一刻，泪水模糊了双眼，那淅淅沥沥的小雨般的哭声汇在一起，越来越大，突然像河堤决口，爆发出撕裂心肺的号啕……

灵车驶出厂区之后，有人想到了罗阳的母亲。79 岁的老人家只有这一个儿子，而罗阳更是出了名的大孝子，在这最后的时刻，应该让他们母子见一面啊！于是，大家紧急商定，让罗阳轻轻地从母亲的窗外走过，悄悄地看上一眼。于是，浩浩荡荡的车队熄灭大灯，禁止鸣笛，缓缓而行。罗阳的母亲就住在三楼，临街的那扇窗内灯光明亮，笑语喧喧，电视里正在播放着一台庆典晚会。老人家已经从儿媳处得知儿子今天晚上要回家的消息，正满心喜悦地等待着。但是，可敬的可怜的母亲啊，您不知道，您的儿子此时就在窗外，就在窗外，只是他已经永远永远地睡着了……

"睡吧！你太累了！"妻子在他的遗体前悲痛欲绝，在场的人无不动容。他的妻子本身就是医学博士，挽救过无数人的生命，却没能留住自己的丈夫。那一幕，苍天垂泪，痛彻心扉。

11月29日清晨，沈阳迎来入冬以来最冷的一天。社会各界数千人顶着寒风，从四面八方自发齐聚回龙岗革命公墓，只为再送英雄最后一程。在殡仪馆前，人们胸佩白花，手举"罗阳，我们怀念您"、"罗阳一路走好"的横幅，整齐列队，泣送英雄。回龙厅，回龙岗革命公墓最大的告别厅里，罗阳的巨幅遗像庄严肃立，他的灵柩就安放在告别厅的中央，四周摆满了花圈和花篮。罗阳安详地躺在中国共产党党旗下，四名仪仗礼兵守护在他的两旁。回龙岗革命公墓用最高的规格向英雄致敬。中国人民解放军总装备部、辽宁省委省政府、中航工业、沈阳军区、国务院国资委、空军海军、中华全国总工会、沈阳市委、中共中央组织部、国防科工局等部门领导亲临追悼会现场，参加罗阳的遗体告别仪式。哀乐低回，人们依次来到罗阳遗体前，肃立默哀，向英雄的灵柩三鞠躬。中央电视台等多家媒体现场报道了追悼大会，全国人民与中航工业各地近50万人一道，沉痛悼念人民的好儿子、同事的好兄弟、职工的好领导。

罗阳走了，他带着对生活的热爱、对亲人的眷恋、对事业的不舍，永远地离开了我们。罗阳静静地走了，一如他一贯的低调风格。可是，因为举世瞩目的航母舰载机起降成功的宏大背景，罗阳的离去多了一份悲壮，也给这个多元化的社会带来了意想不到的震撼。向罗阳致敬——许多自发的声音、自发的文字，在几十个小时内传遍了互联网，强烈地撞击着人们的神经。对罗阳的牺牲给予一份特别的凝望，为价值的衡量增加一个高尚的维度，如此看来，多元化带给社会的裂痕并非看上去的那么深，这个国家有着埋在复杂表象下的共识与认同。

于是，在那些的日子里，沈阳城的大街小巷、机关学校，企事业单位、银行、宾馆、出租车，凡是有显示屏的地方，都在滚动播放对罗阳的缅怀，把整个沈阳城布置成了世界上最大的灵堂。中航工业及所属单位司旗降半旗表示哀悼，上万名群众纷纷从全国各地赶来吊唁，表达哀思与敬意。这其中，有他的同窗，有他的亲友，也有很多素不相识的人。

遗像里的罗阳一如平日的温文尔雅、神色怡然，他的笑容令人难忘。那是圆满的笑——祖国航空工业不断取得新进步；那是雄起的笑——看谁敢侮我中华寸海寸天；那是牵挂的笑——亲爱的母亲、妻子、女儿啊，我给你们的爱太少了；那是嘱托的笑——希望后来人继续为建设航空强国贡献力量；那是谦卑、低调的笑，然而，他却享受到了元首级的追悼礼仪。

中共中央总书记习近平率先做出重要批示："罗阳同志不幸因公殉职，我谨致以沉痛的哀悼，并向他家人表示深切的慰问。罗阳同志秉持航空报国的志向，为我国航空事业发展做出了突出贡献，他的英年早逝是党和国家的一个重大损失。要很好地总结和宣传罗阳同志的先进事迹，号召广大党员、干部学习罗阳同志的优秀品质和可贵精神。"

中华人民共和国主席、中华人民共和国中央军事委员会主席胡锦涛嘱中办值班室转达对罗阳不幸逝世表示悼念，向家属表示慰问，送别时请代送花圈。

中共中央政治局常委、国务院副总理李克强通过秘书打来电话转达对罗阳的深切哀悼，对他家属表示慰问，并亲自致函辽宁省委、省政府："我曾多次到沈飞考察，与罗阳同志多次见面，至今记忆尤深，对他的遽然殉职，深感惋惜。请代我向罗阳同志家人和亲属表示沉痛哀悼和深切慰问！罗阳同志一生报国，贡献卓著，是许许多多创业图强、辛勤工作的航空人的杰出代表。希望你们大力弘扬罗阳同志精神，弘扬航空报国精神，为沈飞创造更好发展条件与环境，为推动国防现代化和国家强盛努力奋斗。"

中共中央政治局常委张德江批示："对罗阳同志英年早逝，表示沉痛哀悼，向罗阳同志的家属表示慰问。对罗阳同志的事迹要认真总结、宣传，弘扬中航工业广大干部职工航空报国的爱岗敬业精神，为建设航空工业强国而奋斗。"

其他党和国家、军队领导人俞正声、李鹏、吴官正、李长春、范长龙、许其亮、郭伯雄、曹刚川、马凯、李金华、万钢、赵乐际、孙春兰、常万全、房峰辉、张阳、张又侠、吴胜利、马晓天等通过电话、短信等方式对罗阳殉职表示沉痛哀悼，并向罗阳家属表示深切慰问。中央电视台、新华社、中央人民广播电台、人民网等新闻媒体对罗阳殉职的消息相继进行了报道，称罗阳是为我国航空事业而献身的英雄楷模，是为国奉献的当代科技工作者的杰出代表。为我们失去了一位优秀干部、优秀党员、卓越的航空骄子而感到深切的悲痛。

"祖国终将选择那些忠于祖国的人，祖国终将记住那些奉献于祖国的人。"

25 日 9 点，鉴于罗阳生前最牵挂新型战机的英姿，沈飞领导层毅然决定，再一次为罗阳单独在沈飞上空飞行一次，让战鹰把罗阳的笑容带上他最爱的蓝天，融化在祖国蓝色的疆土里。

27 日 10 点，辽宁舰全体官兵在甲板上整齐列队，面对舰首 14 度滑跃平台，面向那不平静的大海，虔诚地行举手礼，鸣响汽笛向罗阳表达最崇高、最神圣的敬意，并为英雄送行。他的信念、他的灵魂，已经铸入了祖国的第一艘航母之中。

2013 年清明节前夕的一个清晨，淅淅沥沥的小雨中，笔者来到沈阳城 20 公里外的东北郊——回龙岗公墓功勋园，只是想采上一束早春最富生命力、最纯洁的野花，轻轻地放在罗阳的墓碑前，说上一句深情的家乡话："你太年轻了，又有那么些事业没有完成，咋就这么走了呢……"可是，这里有共和国将军的墓碑，有省委书记的墓碑，有各条战线英模的墓碑，而罗阳的墓碑却遍寻不着。那一刻，笔者有点怅惘，可是又一想，无论如何，这符合罗阳生前的追求，他就是默默地来到人间，默默地在军工企业工作，现在，又默默地离开人们的视线。他就是那涅槃的凤凰，只活在人们的心里。

世界的解读

罗阳倒在航空母舰上,一架被罗阳灵魂附体的战机诞生了!它像一粒火种,就在罗阳牺牲后不久,沈飞的军机如同井喷般地密集亮相,让世界看得眼花缭乱。

舆论开始发酵。华盛顿、东京、布鲁塞尔、首尔……在媒体集中报道的同时,外交学者和防务专家不得不一次又一次以惊异地目光,注视着中国航母舰载机的一举一动。

他们曾毫不客气地宣称,中国的战机研发落后美国 100 年,中国的新航母跟美国海军舰队较量挺不过一分钟,中国尚需 20 年才能拥有航母舰载机……如今,他们不得不反思,为什么中国人在追求强大国防的过程中所展现的雄心、水准和胆量,一而再再而三地被西方误读和低估?他们揣测北京的更大雄心,与此同时,又一反常态地把世界上最美好的语言都献给了辽宁舰,献给罗阳。

美国《商业周刊》11 月 26 日报道称,歼 -15 "飞鲨"战机在辽宁舰航母上成功着舰,标志着中国取得了一个新的军事里程碑,是继潜艇、网络战和外太空领域之后,中国在军事现代化道路上取得的最新进步。美国《防务新闻》12 月 1 日的杂志刊登了新加坡南洋理工大学拉惹勒南国际研究院海上安全项目高级研究员山姆·贝特曼的文章，文章写道："最近中国航母的航空作战训练表明，解放军海军发展航母作战能力的速度，远远快于许多西方观察家的预期……我一直认为，鉴于北京感觉战略环境恶化，加上中国在其他领域取得的技术进步，只要给予高度重视，中国的航母就能非常迅速地发展壮大起来。"英国分析家加里·李得出结论，歼-15研制现场总指挥累死的事，"应该让西方评论家认识到中国人的献身精神"。

最后，几乎所有的媒体都聚焦到两个"关键词"上——让世人瞠目结舌的"中国速度"与"中国精神"。

是的，单从时间的维度来描述"中国速度"还远远不够，更重要的是完成任务所采用的方式和所取得的结果。中国航空人没有采用单人单机的方式象征性地表明技术突破，而是多人多机同时完成起降作业，无疑，这大大缩短了从实现技术突破到形成航母战斗力的时间。中国也没有按照顺序依次完成舰载机研制、航母下水、舰载机定型、舰载机单机起降、多机起降，最后形成初始战斗力的步骤，而是在舰载机研制、航母改装训练过程中，采用了并行的方式，通过对大型项目的高效管理能力实现了突破。

　　由此，世界舆论自然而然地提出另外一个问题：中国人凭什么实现了这一切？国外的一则新闻做出了这样的回答：罗阳作为历史的见证人，是亲眼目睹舰载机在航母上成功起降之后，因心脏病突发而逝世的。这就不得不使人们联想到中国是怎样实现"中国速度"的。这个"中国速度"是无数个中国航空人用一种精神支撑着，用他们的拼搏，甚至是生命来实现的。

　　很显然，因为国情不同、思维方式不同，特别是价值观不同，外国人只能浮光掠影地看到"中国给予这位牺牲的科学家英雄般的荣耀"，却无法走进罗阳的内心世界，去挖掘那种超越时代的原始动力，理解中国渴求进步的意志，从而真正感受到以罗阳为代表的国防人九死不悔、默默奉献的精神。

　　罗阳是怎样的英雄呢？《京华时报》2012年11月28日发表的评论员文章《社会进步需要珍视罗阳》中说："英雄不问出处，英雄也不在乎身后的记忆留存。他们在乎的，是他为之奋斗的事业，为之献身的信仰。当他用生命和青春铺就进步的路，他就无悔，甚至不惜从容赴难、含笑而去。又怎会在乎身后之声名利禄？"

　　什么是罗阳所代表的"中国精神"呢？就像《环球时报》等媒体共同总结的那样，罗阳代表的是国防科工领域一个极为庞大却默默无闻的集体,那是一个鲜为人知却至为重要的领域,一个相对独立、相对封闭的小社会。他们用生命赌注般的超凡努力,用远远超出常人的工作强度,顶着几乎不容有任何闪失的巨大压力,去赶超这个世界的无限风光、去攀登这个领域的最高峰。当然,他们在相当投入的同时,也分享到了国家、民族军事进步带来的欢乐与骄傲,他们至今还是中国最善于合作、最能啃硬骨头、最充满集体荣誉感的团队;国之重器、以命铸之。罗阳正是中国国防科工人爱国主义及奉献精神的缩影。

罗阳的遗产

在沈飞人的眼中,其实罗阳很平常、很平常。平常得像一滴水融化在大海里,像一丝空气跃动在蓝天中,像一粒沙土镶嵌在大地上。沈飞党委书记谢根华这样评价他的亲密战友:"罗阳和大多数人一样,没有传奇故事,只有踏实工作。"

然而,正是他30年的踏实工作,30年勤勤恳恳地付出、默默无闻地坚守,30年殚精竭虑、矢志不渝地去做一件事情,在他突然离去的时候，人们才发现他是那么的不平常，发现他的高山仰止。

罗阳走了，却留下了他胸怀大局、勇于担当、大胆创新的脚印。作为共和国航空事业的长子，罗阳在没有任何外来资金和条件支持的情况下，主动带领沈飞人，用清一色的国产设备，组建了新机快速试制中心，打造了中国航空工业的"鬼怪工厂"和"臭鼬工厂"。不仅结束了沈飞延续五十多年的新机研发和批量生产混线的局面，还为中国航空制造业蹚出一条新路，进而创下了新机试制从设计发图到成功首飞仅十个半月的奇迹。他还站在整个国家和民族的高度，承担风险、顶住压力，率先使用了两型国产航空发动机，为"中国心"的成功运用建立了无法估量的功勋。这些年，在罗阳的主持下，沈飞公司已经逐渐拥有一整套国际先进水平的飞机装配、整机试验、可靠性试验、飞行试验的技术、设备和制造生产线，特别是在钛合金机械加工和大型复杂结构件的数控加工等方面已达到世界一流水平。

罗阳走了，却留下了一份五业并举的庞大而有序的家业。就在他牺牲前的 5 年时间里，沈飞研制的飞机超过了过去 50年的总和。他们从陆基到舰载，从三代机到四代机，托举起中国歼击机研制生产的半壁江山。在民用飞机生产方面，更是具备了每天都生产一架飞机的能力。这得益于罗阳对产业化发展途径的准确把握和统筹规划，为沈飞完成了军机、民机、通航、非航、零部件五大业务板块的战略布局，为公司早日融入世界航空产业链和区域发展经济圈、提升公司核心竞争力、实现公司又快又好持续健康发展打下了坚实的基础。

罗阳走了，却留下了一整套兼收并蓄、行之有效的现代管理体系。他不仅通过建章立制、明确标准、严格考核等切实有效的管理手段，真正实现了工作内容指标化、工作要求标准化、工作流程制度化、工作考核数据化的"四化"管理，形成了职责明确、制度完善、流程清晰、标准健全、考核常态、操作规范、重点突出的工作局面，还通过"精益六西格玛"等工具，加快管理"四化"创新步伐，拉动组织架构、经营管理、生产运营、质量管理和财务管理等方面全面改善，提高了管理效能和价值创造能力。特别值得称道的是，罗阳将这些枯燥、单调的管理，创新为全体沈飞人的重大节日，并转化成了沈飞独具特色的企业文化。

罗阳走了，却留下了一条英雄辈出的"中国制造"生产线。这条永不枯竭的生产线，不仅是中国空军曾经的主战装备

歼 -6、歼 -7 和强 -5、歼 -15 等一代又一代战鹰的摇篮，更是航空人才的摇篮。罗阳不仅言传身教带出了一支管理精英队伍，还通过办各种技术培训班交流会、开展"每周一星""每日一星"的评选活动等储备了技术精英库。人才对事业的重要性，正如 601 所党委书记褚晓文所说的："在航空事业中，每个人都是一滴水，汇聚成海洋，人们看着就震撼了！"

罗阳走了，他完成了儿时那个变成一只黑里透红、全须全尾、方头长腿、梅花翅膀、轻盈善斗的小蟋蟀漫天翱翔的梦，却也给我们留下了一个逐梦的背影，一个精神的肖像。

遥望蓝天，笔者感觉中国梦从来没有像如今这样接近现实，因为在罗阳逝去的土地上，曾经有千千万万像罗阳一样的人，怀揣着这个梦想艰苦卓绝地走过；更因为今天又有千千万万像罗阳一样的人，正朝着这个梦想坚定踏实地走来。他们，就是那鲲鹏翅膀下的水和风；他们，一同托举了民族腾飞之翼。

后记

仿佛是命运的决定，笔者这辈子注定了要写报告文学。

论理，我是从全国第一届短篇小说获奖者起步的，理应在小说上发展下去。况且，小说可以想象，可以虚构，可以天马行空，创作空间很大。然而，由于职业的转变，本人成了社会的"忠实记录者"——记者，此后便不由自主地掉进了"陷阱"，写起报告文学来了——因为报告文学要求贴近现实生活，触摸时代脉搏；要求理清人与社会的关系、人与生活的关系；要去感受、去判断、去预测。为此，报告文学离社会特别近，近到所反映的就是身边的事；离写作者也特别近，近到会毫无保留地暴露你的世界观、是非观。这样，你极有可能成为这个社会秩序和规则的挑战者。

然而，要想承担起这份责任并不容易。一部报告文学的问世，不仅要经过当事单位或个人的同意、经过出版部门的审读，还要经过社会的检验，才能站住脚跟、生存下来。因为所揭示的就是当下的人和事，所以很容易惹上官司。有时即便是对的，也要注意社会影响和社会的承受能力，否则就会被无情地"枪毙"。所以，报告文学在我眼里，便成为那种既不敢轻易碰触，又总想去尝试的文体。

还好，因为平生谨慎，尽管写了四十多年，大体还算顺利。可万万没有想到，这次写罗阳与歼–15，本人遭遇了写作生涯中最艰辛的一年多的磨难，具体说是遭遇了"三难"：采访难，写作难，"出生"难。

首先是采访难。

在罗阳的遗体被拉回故乡沈阳的那天晚上，整个沈阳城沉浸在一片悲戚之中，新闻记者的直觉和责任告诉我，必须去采写罗阳。而最行之有效、百试不爽的办法，就是暗度陈仓，公事私办。

于是，我在第一时间里，利用独特的"老乡"优势——沈阳人，动员一切可以动员的力量，很快就在朋友的朋友的朋友圈里，顺藤摸瓜找到了罗阳的母亲、罗阳的妻子、以及罗阳的姐姐的地址与电话。可谁知，当我逐个给她们打电话提出采访请求时，均被很客气地谢绝了。这样，我不得不迂回包抄，先打外围战，找了罗阳妻子的单位、她尊敬的老领导、她同窗的老同学，还有朝夕相处的同事，但人家都表示爱莫能助，说上边有命令，统一采访。

没有办法，我只好冒着严冬刺骨的寒风，像瞎子摸象般地摸到罗阳的妻子王希利家前蹲坑，在601所家属楼与总后干休所门前守株待兔。可是，蹲了三天，人都冻感冒了，也没见到王希利的影子。一打电话才知道，她参加了宣讲团到全国各地去宣讲去了。我不死心，又到罗阳母亲的干休所蹲坑。蹲了两天，没有见到老太太，只得再次拨通电话。罗阳的姐姐罗明接的电话，先客气地问怎么弄到号码的，继而说，对不起，我们在外边，你先和罗阳单位联系，我们听单位的安排。

总之，什么迂回包抄、暗度陈仓、守株待兔等等十八般武艺全都使上了，前后风餐宿露二十多天，结果，还是瘸子打围坐着喊，原地踏步走。

于是，我不得不改变采访思维，去走官道——求助于北京某大出版社。还好，那位出版社领导不忘旧情，亲自到中国航空工业集团去找主管宣传的老同学，并为采访确定了写罗阳和他战友团队攻坚的新角度。中航那位领导感到角度还可以，一切才迎刃而解。于是，中航直接打电话，通知沈飞接待。

那一刻，我的内心无比欢畅，以为拿到了尚方宝剑，一通百通，从此就万事大吉了！可刚与沈飞宣传部的领导接触，人家就明确地告诉我"三不"：不管你什么来头，我们对新闻采访一视同仁，不能协助你采访罗阳的母亲，不能协助你采访罗阳的妻子，不能协助你采访罗阳的女儿。其意十分明显，决不允许再往罗阳亲人的心口上撒盐了。于是，我请他们安排罗阳最亲密的战友接受采访。他们委婉地说，领导很忙。

这样，我不得不采取先易后难的办法——从底层开始，找最基层的员工谈，找各班组长谈，找各厂长谈，然后搜集与罗阳有关的文字和影像资料，去了沈飞展览室、沈飞图书馆、沈飞电视台。当这一切进行完之后，考虑到领导忙，我事先把采访提纲交到了沈飞宣传部。他们说，年底了，生产任务还没有完成，等新年后吧。我只有老老实实地等过了元旦再去找他们。他们又说，这新的一年，万象更新，这段时间领导太忙了，还是不行。这样我又等过了春节，等过了十五，等过了学雷锋日，等过了三八妇女节。再去时，不管我怎样强调要完成写作非采访不可，他们还是双手一摊，说主要领导真没有时间，任务太重了，对不起，不能接受采访了。最后，还好，他们的具体工作人员，为了使我能够进行工作，不得不采取补救措施：把他们这些年的厂报，全拿给我；把罗阳逝世后干部职工的回忆文章，全拿给我；把罗阳生前工作的录像，全拿给我，然后还很抱歉地说，军令如山，没有办法。

就这样，我不得不戴上老花镜，从最原始的材料中，去寻找与罗阳相关的点点滴滴。

于是，我翻遍沈飞这些年的每页报纸，找出那些与罗阳有关的小豆腐块；我一遍遍地盯住录像荧屏，找出那一个个与罗阳有关的短镜头；我一次次认真地看完员工的回忆录，找出那些感动我的小情节……然而，当我下笨功夫把这些包罗万象的材料收集在一起时，内心还是一片茫然。第一感觉就是，太杂了，太碎了，这些材料就像一粒沙子、一滴水、一丝空气，在我眼前飘浮着。继而，我感觉自己就像一个门外汉，还非要愣充什么飞机制造大师，仿佛那些老旧残废的材料能组装世界上最先进的战斗机；感觉自己就像一位蠢妇，还非要愣充什么描鸾刺凤的绣娘，仿佛能把那团乱麻织成绚丽的彩锦；还感觉自己像个傻子，明明知道先进人物不好写，知道写完卖不出去，还非要不知深浅地酱碟里扎猛子，去干那费力不讨好的傻事。

无论如何，在潜下心来写作前，我不得不先当"搬运工"，把这些收集起来的材料分门别类输入电脑中变成文字。结果，素材的文字量竟高达上千万！好不容易把罗阳在沈飞的几方面的工作弄清楚了，我又做了三件"大"事：第一件就是通读了中国航空工业集团领导各个时期的讲话，并根据领导的大思维，了解了整个中国航空史；第二件是不辞辛苦地到网上去查相关资料，了解世界航空史；最后再回过头来，站在世界与中国航空航天史的交汇点上，去审视中国航空航天的发展。有了这些积累，再用来与沈飞的这些材料相碰撞，这样碰来碰去，终于碰出了火花，写作的思路渐渐清晰起来。

紧接着，就是写作难了。

为了排除一切干扰，我下决心到辽阳弓长岭汤河度假村去专心写作。而且连要赖带鼓动，好不容易才说服了老伴"三丫"同意身兼六职——既当司机又当厨师，即当材料秘书又当忠实听众，即当校对员又当审读员——在大冬天里陪同前往。

我选择辽阳有三个特殊原因。第一，这里地处四面大山包围的盆地之中，远离城市，几乎可以断绝一切不必要的应酬；第二，这里不能上网，可以改变我一上网就看新闻、不专心致志的恶习；第三，写累了，还可以在这里泡泡温泉，解除疲劳……辽阳的早春，残雪还没有融化，零下十多摄氏度，室内又没有取暖设备，我坐到电脑前，那冻僵的双手字没有写多少，鼻子却清流不止。可是，冷有冷的好处，冷能够使头脑保持清醒，刺激灵感迸发。

不知不觉中，从三丫"废物利用"在旧塑料瓶子里插上第一束粉色的桃花起，我的小小电脑桌便与春天同步了。也许是笔者的真诚执着感动了上苍，也许是笔者对事业不辞辛苦的追求与罗阳是相通的，最后，我终于从庞杂凌乱的资料中超脱出来，走进了罗阳的内心，把握了他与时代同行的主题，从而勾勒出了这本书的轮廓。即便如此，由于报告文学既要确保真实性又要兼顾文学性的特点，所以写得很难很苦。

还好，功夫不负有心人，经过两个月昼夜兼程的努力，三十多万字的初稿总算有眉目了。可是因为太心急，也因为原始材料太多太杂，初稿比较粗糙，看起来很费劲。为此，中青社的副总编成晓明先生亲自来沈阳，要求重新构架，并压缩到15万字左右。这一下子就把我逼上了绝路，可是没有退路。

在那些难熬的日子里，我曾肚子疼埋怨灶王爷，怪老伴三丫每天晚上看电视，怪天气变热，怪血压升高……我不得不回到沈阳，边进行二次采访，边躲进自己的老窝去修改。那过程就像钝刀割脖子，我硬着头皮又从初夏写到了来年初春，但与此同时，我更深切地理解了罗阳，理解了罗阳精神及其背后的强大支柱。

是的，在沈飞，罗阳很平常，平常到像一滴水融化在大海里，像一丝空气飘浮在蓝天中，像一粒沙土镶嵌在大地上。然而，他一辈子坚韧执着、殚精竭虑、矢志不渝地做一件事，并且把它做到极致，直到有一天，他突然离去时，才让人们发现他的不平常，发现他的高山仰止。

这就够了，不用再去絮絮叨叨论证平凡与伟大、个人与集体、大局与小事、高调与低调、长远与现实这五组词语的关系了，一个简单而真实的罗阳，已经说明了一切。

最后的一关，就是"出生"难了。

经过出版社、当事人单位三个多月的修改、审查、核实，经过大段否定、再肯定，书稿总算见了天日。这真是"千淘万漉虽辛苦，淘尽黄沙始见金"。

在这里，我要十分敬重地感谢李文华编辑与我风雨同舟，精心地一段段地帮我缩写；感谢成晓明副总编冒雨亲临沈阳谈稿子，为写作制定了正确的方向；感谢沈飞的领导和同志的大力支持；更要感谢一直相依相伴、不离不弃支持我坚持下来的老伴三丫。终于，这部《冲天一跃——罗阳和歼-15的秘密》，完成了梦起至圆梦的全过程。我就像尽心竭力烹调出一道新菜品的厨师，对味道怎么样没有发言权，恳请社会去检验，人们去品尝。

假设有人问：如果罗阳这次不牺牲，他会不会引起社会关注？回答肯定是：不会的。因为在这个特殊的领域中，还有一大批像他一样"普通"的人，他们在默默地书写着中国航空的历史，为中国航空工业奠基铺路；他们在与时间赛跑、与时代赛跑；他们在托起一个个气势磅礴的"蓝天梦"、"蓝海梦"。

因此，无疑，我们向罗阳致敬的最好方式，不是沉浸在无穷的悲伤和惋惜之中，而是闻鸡起舞，去实现我们每一个人的中国梦。

关庚寅

2014 年 3 月于沈阳

（京）新登字083号

图书在版编目（CIP）数据

冲天一跃：罗阳和歼–15的秘密 / 关庚寅著.
—北京：中国青年出版社，2014.4
ISBN 978–7–5153–2360–2

Ⅰ.①冲… Ⅱ.①关… Ⅲ.①纪实文学—中国—当代
Ⅳ.①I25

中国版本图书馆CIP数据核字（2014）第067226号

责任编辑：李文华
装帧设计：瞿中华

出版发行：中国青年出版社
社址：北京东四12条21号
邮政编码：100708
网址：www.cyp.com.cn
编辑部电话：（010）57350520
门市部电话：（010）57350370
印刷：三河市君旺印务有限公司
经销：新华书店
开本：710×1000　1/16
印张：16
字数：130千字
版次：2014年5月北京第1版
印次：2014年5月河北第1次印刷
定价：28.00元

本图书如有印装质量问题，请凭购书发票与质检部联系调换
联系电话：（010）57350337